我們走了很遠的路才找到自己

盧思浩——著

我們都要好好照顧自己，慢慢走，但不停止前行。
你想要看到的那片風景跟想遇到的人，
終將會與你相遇，在成為自己的路上。

——— 盧思浩

目錄

Part I

愛情　我們不懂的事

Part II

友情　青春無敵　友誼無價

Part III

人生 把握當下 盡力而為

成為更好的我們

Part IV

成長 無所畏懼 繼續前行

成為自己的我們

Part I

愛情　我們不懂的事

將故事寫成我們

我們都曾在相愛的時候　做過放手的練習
但分手後還是會隱隱作痛
失去最大的悲傷不是得不到　而是後悔

說你願意為了我留下來

你知道嗎　對一個人的失望　是積分制的

為什麼那些平日看起來可能與你相安無事的人最後選擇離開

因為她早就在心裡給了你無數次機會　只是你從來沒有把握住

……一……

故事發生在很久以前，卻在很久以後才被講述。

二〇〇三年的九月，王辰本該去大學報到，可是因為冠狀病毒疫情（SARS），新校區沒有及時完工。等到十月的時候，他才真正迎來了大學生活。

他滿懷期待地到新校區報到，卻發現新校區看起來簡直就像是臨時搭建的房子。自習教室的屋頂還沒有建好，待在這裡自習的王辰總覺得不踏實。隔壁是一間簡陋的畫室，雖然簡陋，但好歹沒有任何異味，而且還有屋頂，他稍一琢磨，最後決定投入畫室的懷抱。

只是作為哲學系的學生，總不能堂而皇之地在畫室裡研究哲學，於是他假模假樣地買了Ａ４紙和畫畫用的鉛筆，每次都會隨便畫上幾筆，然後假裝靈感枯竭，偷偷研究起落後一個月的哲學課程。

好在那時每個人都想拚命地趕上學習進度，倒也沒有太多人注意到他。

直到有一天，一位女孩走到他跟前詢問：「同學，你畫的是什麼？」

他一看自己畫的是一條魚，只是隨手畫的塗鴉，心裡一涼：這情況得怎麼圓場？

他只好瞬間拿起哲學課本奪門而出，只聽到女孩在後面大喊：「同學，同學，你的畫沒拿。」這女孩後來變成了他的初戀。她叫天琪，王辰要我們都叫她甜七。

為什麼呢？因為王辰說天琪讓他覺得生活中的每一天都很甜蜜。

是的，當我後來聽到他這個解釋的時候，我沒有忍住，噁心的逃跑了。

……二……

一星期後，學校進行例行體檢。王辰因為踢球遲到，趕到健康中心的時候全校只剩下三個人沒做完。

他就這樣又遇到甜七。

還是甜七先跟他打招呼：「哎，你就是那個逃跑的同學吧？」

王辰擺擺手說：「不好意思，你認錯人了。」

甜七說：「不可能，就是你。」

王辰想起逃跑的場面羞愧難當，嘴硬說：「不對啊，我戴了口罩，你怎麼確定那個人就一定是我？」

甜七笑著說：「因為我認得你的眼睛啊。」

王辰的心被這句話瞬間擊中，從此陷入愛河。

可他還沒來得及再跟甜七多聊幾句，就聽到健康中心的老師叫他的名字，只得匆匆道別，沒留下彼此的聯繫方式。兩人再一次錯過。

從此，健康中心成了他最討厭的地方。

自那天起，王辰如同著了魔一般，甜七的身影在他腦海裡揮之不去，吃飯的時候會想起，睡覺的時候夢裡還是甜七。他在腦海裡虛構了無數個跟甜七再次見面的畫面，為此還跑去畫室蹲點。這一次為了偽裝得更澈底，他一咬牙買了全套繪畫工具，花光一個月預算，吃起泡麵。沒想到還沒等到他用上那套昂貴的繪畫工具，他就再次遇到了甜七。

這一年，學校成立了據說是有史以來的第一個環保社團。王辰本想參加足球隊，奈何他技術欠佳，掙扎了三天發現只有環保社團還招人，就硬著頭皮報了名。

新人大會時，他又因為踢球遲到，成了最後一個趕到新人大會的人。

會長是個女生，倒也沒和他多計較，對他說：「那你就坐到最後面吧。」

他連連道歉，走向最後一排，一眼看到坐在倒數第三排的甜七。天賜良機，於是他厚顏無恥地無視最後一排的空位，硬要坐到甜七身邊。

坐下後他捅捅甜七的手，略微緊張說：「又見面了，真巧。」

甜七看著他的眼睛說：「是啊。」

他開心地自我介紹說：「我是王辰，王八的王，星辰的辰。」

甜七大笑著說：「哪有人說自己是王八的？我叫天琪，天氣的天，王字旁的琪。」

會長在臺上咳嗽了一聲，不悅地說：「談戀愛的朋友請忍耐一下，現在我在介紹規章制度。」這次換王辰笑得前仰後合。

那天他們正式認識，甜七說的每一句話，王辰都記得。後來，他跑回操場死活要了那顆讓他遲到的足球，認真的對我說那是他的「幸運球」。

…三…

兩個人開始頻繁見面，不見面的時候也每天互傳訊息。

有一天，甜七突然不回訊息了，王辰如坐針氈，開始反覆思考先前的相處模式，生平第一次對自己產生了懷疑。

難道是我哪裡做錯了？

他又打了自己一巴掌，想，不可能，我這麼完美怎麼可能做錯呢？一定是有其他原因。說服自己後的他，決定在畫室等，之前買的那一套昂貴的繪畫工具終究有了用處。

他如願等到了甜七，打完招呼，試探性地問她：「你怎麼沒回我訊息？」

甜七拿出手機，愁眉苦臉地說：「我手機按鍵壞了，現在無法傳訊息。」

王辰搶過手機說：「包在我身上，我去幫你修。」

那一年，甜七用的手機是周杰倫代言的第一款手機——蝴蝶姬。很漂亮的一款小手機。而王辰用的是Nokia 6610，是他用的第一款彩色螢幕的手機，平常日裡小心對待，捨不得有一點碰撞。因為修手機要去市區，王辰想都沒想就把自己的手機給了甜七，就一個人奔赴松下（Panasonic）的售後服務站。找到客服，客服說能換，但要等一個月。

王辰靈光一閃，趕快給甜七打電話說：「我幫你換了新手機，可新手機要一個月才能到貨。這樣，你先用我的手機，我就先用你的，反正我除了傳訊息給你以外，也沒有別人要聯絡。你想我就打電話給我，電話功能沒壞。」

甜七在電話另一頭臉唰地就紅了，害羞地說：「誰想你了。」

王辰打鐵趁熱說：「你可以當我女朋友嗎？」

甜七在電話那頭沉默五秒，王辰腦海裡一片空白，伴隨他的只有自己撲通撲通的心跳聲。沉默過後，甜七下定決心似的說：「好。」

就這樣兩人在一起了，在那個月裡，王辰每次碰到哥兒們就會炫耀自己的手機。

蝴蝶姬是紅色的，模樣和大小並不適合男孩子用，正當哥兒們準備向王辰投以鄙夷的眼神時，王辰說：「這是我女朋友的啦。」所有人嘆服。

哥兒們又問王辰是怎麼追到女朋友的，他把故事說了一遍，所有人又跪服了。

故事聽到這裡，盧思浩我掀桌而起：「夠了喔，你這個故事我不聽了！」

王辰拉住我說：「別別別，你聽完，我真的太久沒講這故事，你不讓我講完我會難受。」

我說：「那你有考慮單身人士的感受嗎？」

他說：「我道歉！」

很好，我心滿意足地坐下來繼續聽故事。

…四…

幾個星期後，環保社團動員水質調查活動，王辰心想反正沒什麼事做，就替甜七報了名。活動當天一大早，王辰打電話叫醒甜七。

電話那頭傳來甜七虛弱的聲音：「怎麼不早告訴我，我今天有點不舒服……。」

王辰說：「在學校太悶了，走吧，肯定很好玩，一會兒我去宿舍樓下等你。」

甜七想了想，還是答應了。

回學校的車上，王辰偶遇國中同學。他鄉遇故知，王辰特別激動，這傢伙本來就喜歡說話，從來沒有不說話的時候，加上好幾年沒見，於是只顧著和老同學聊天，忽略了甜七，連甜七暈車都沒發現。

甜七或許也是生著王辰的氣，就這麼忍了一路。等到下車時，甜七剛想站起來，卻突然腿一軟，瞬間頭暈目眩，吐了起來。

王辰趕忙一把抱起甜七，飛奔到健康中心，醫生一看這場面瞬間慌了神，顫顫巍巍地拿起體溫計。最壞的情況發生了，甜七發燒，體溫三十九度。王辰想陪甜七吊點滴，醫生卻堅持，雖然疫情已經過去了，但以防萬一，甜七要被隔離起來一個人吊點滴等退燒。

王辰急了說：「這是誰規定的？」

醫生給了他一個白眼。「不服氣啊？不服氣去找校長啊。」

甜七說：「沒事的，再說就只是在房間裡關幾天，有事我們通電話。」

王辰沒聽進去，轉身就跑，一路衝到校長室，非要跟校長理論。他說，甜七是因為下午考察水質著涼了，再加上暈車不舒服，一個普通的發燒而已。她壓根沒有接觸病源的機會，憑什麼把人隔離起來？

校長剛開始還和顏悅色說：「這是規定，我們也只是以防萬一，再說發燒本來就該靜養，也不該出去到處走。」

現在想想，規定也是有道理的，但當時的王辰是聽不進去的，他只是想到好幾天都會見不到甜七，就念叨了一句：「萬一個屁，垃圾規定。」

校長不悅的說：「這位同學，注意你的態度，我沒叫警衛把你趕出去就很好了。」

王辰怒從中來：「我怎麼了？我說錯了嗎？這是爛規定。好，你們都害怕她染疫，我可不害怕。」

校長一看王辰這德行，立馬叫了學校警衛，要把王辰趕走。

王辰拚命反抗，推拉中手機滑落摔到地上，機殼瞬間脫落。王辰掙脫開來，大聲喊：「這是我最重要的手機！」摔壞的手機就是甜七之前用的那款蝴蝶姬。

王辰沒鬧出個好結果，也瞬間沒了心思，一心只想修復手機，跑去市區找到客服，客服說：「這手機不是本來就不好使用了嗎？你再等幾天，新手機就到了。」

王辰說：「你不懂啦！真的沒辦法修復了嗎？」客服面露難色，搖了搖頭。

晚上，王辰回到宿舍，腦海裡又浮現出甜七虛弱的樣子，恨不得馬上衝到甜七身邊。這時他突然靈光一閃，脫光衣服開始給自己沖冷水，又衝出宿舍站在寒風中。室友被他吵醒，看他那架勢還以為他瘋了，拚命拉住他問：「你幹嘛？發瘋啊？」

王辰憤憤地說：「他們不是都不讓我去看甜七嗎？我就把自己也弄發燒，我也到健康中心隔離去！」

室友若有所思，感歎說：「你這是真愛啊，我服你。」

第二天一早，王辰忍著頭疼衝到健康中心。

他拉住醫生說：「醫生，我發燒了，你快看看我體溫多少！」體溫量完，三十八度。

醫生眉頭緊鎖，說：「這是被傳染了啊。」
王辰喜出望外說：「醫生你看我這情況是不是也要隔離起來？」
醫生點頭，王辰第一次對這醫生有了好感。
他簡直是一路小跑步跟著醫生走到一個房間，卻只看到一個空空的床位。
他問：「昨天的人呢？」
醫生一臉無辜地說：「同學，你不知道嗎？男同學跟女同學，肯定是分開隔離啊。我們新校區別的沒有，空房間特別多。」
「哈哈哈哈！」聽到這裡我忍不住笑出聲來。
王辰白了我一眼說：「我哪裡知道男女生是要分開隔離的！」
這下好了，連借室友的手機給甜七打電話的機會也沒了。
幾天的隔離期，過得像是幾年那麼長，連窗外的月亮都無趣了起來。隔離期結束，王辰立刻衝到女生宿舍門口，當著所有人異樣的眼光和舍監阿姨的指責聲中拉著甜七就跑。
他們一路跑到附近大樓的頂樓，兩人在樓頂上坐著，王辰想告訴甜七這些日子自己有多想她、多擔心她，可話到嘴邊就是說不出口。
他自責的說：「都怪我。」
甜七笑著說：「我也不好，不舒服就不應該硬撐著。」
兩人看完日落看月亮，甜七累了就靠在王辰的身上，王辰一把將甜七抱住，那一刻他覺得什麼都不用說了，她一定都懂。他甚至覺得，就在這個時刻，這世界上的某處一定有一束煙火正在為他們綻放著。

（友情提示：故事發生於二〇〇三年，年代久遠，情況與現在不同，王辰的做法非常不可取，還請大家不要模仿。）

…五…

大三那年，有一天，王辰對甜七說要給她個驚喜。甜七不明所以，被王辰拉著就走。到了一棟公寓樓下，甜七終於忍不住開口問：「你要給我的驚喜是什麼？」

王辰鬆開手，指了指公寓樓上說：「我租了一間房子，我們同居吧？」

甜七愣在原地，顯然沒意識到是這樣一個驚喜。

王辰說：「我想每分每秒都跟你在一起。」

甜七本來還在猶豫，看到王辰的眼神後瞬間投降，用力點了點頭。

兩個人開始佈置租屋，一起逛小商品市場，一起網購家居用品，一起佈置家裡的每一個角落。慢慢地，這個看似簡陋的租屋也有了亮色。

正式搬家的第一個晚上，甜七說：「我也有一個驚喜要給你。」

王辰說：「什麼驚喜？有我給你的驚喜大嗎？」

甜七抿著嘴唇從包裡拿出一張紙，是他們最初相遇時的那幅畫。

王辰瞪大了雙眼說：「這張畫你居然留到現在？」甜七點點頭。

王辰用力抱緊了甜七，滿是幸福。

同居的生活平淡如水，兩個人一起騎車上課，再一起回他們的小家。

有一天週末，合肥的天氣正好，王辰說：「甜七，不如我們去公園吧。」

甜七面露難色說：「我這週跟我媽約好要回去看她，下午的車票都買好了。」

王辰說：「看媽媽什麼時候都可以啦，你看今天難得天氣這麼好，你陪我去嘛。」甜七的「可是」剛說出口，王辰不由分說拉起甜七的手就出門了。

時光如水，轉眼大四，兩個人到了該做選擇的時候。畢業之後去哪裡？王辰想的是——去南京，因為他從小對南京就有不一樣的情感，也對甜七反覆提起。甜七想的是——留在合肥，因為他們都是安徽人，畢業之後就在這裡結婚。

他們從來沒有想到兩個人的答案會不一樣。

短暫又堅實的沉默。

甜七先妥協：「那我們就分別考公務員，我考合肥的，你考南京的，反正不遠。等穩定了，我們再考慮到底在哪裡定居。」

王辰不肯讓步說：「陪我去南京，我想要你陪在我身邊，我們一起考南京的公務員。」

甜七抿著嘴唇搖搖頭說：「不行，你知道我媽媽最近身體不好……。」

甜七想了想又說：「不然你等我，過幾年等家裡情況好轉了，我就去南京找你。」

王辰說：「可我想這幾年你一直陪著我，誰知道以後會發生什麼事。」

那是他們戀愛三年以來，第一次有分歧。

王辰一直是這麼以為的：以為只要他說一句話，她就會跟著他，就像以前的每一天、每一個決定一樣；他以為所謂的愛情就是這樣，他們是彼此血液的一部分，她會一直陪在他身邊。

於是，兩人開始為這件事情發愁。

他們也不爭吵，看起來還是恩愛如初，只是每次提到這件事情時，兩人都不說話。直到再也拖不下去，烏雲終究要落成雨，這件事情不可避免地被提上日程。

甜七說：「能不能為了我留下來？」王辰不說話。

甜七說：「說你願意為我留下來好嗎？」王辰不說話。

甜七說：「那你說，說你去了南京還會回來。」王辰搖了搖頭。

甜七第一次在王辰面前哭。

那一天是情人節。甜七說過自己不過情人節。

王辰在出門之前對甜七說：「今天是情人節，反正你也不愛過，我出去透口氣，我們好好想想。」這個選項王辰從來沒有想過妥協。

他把自己手機電池取下，找了個哥兒們家住了一晚。他想用自己的方式給甜七施壓，讓她早日下定決心。在他看來，只要兩個人在一起，在哪裡生活不都一樣嗎？

他習慣了她的好，以為就跟呼吸一樣自然，只要她聯繫不到他，她就會自己想通。王辰深以為自己勝券在握。那時的他還不知道，這是自以為成熟的他最大的幼稚。

第二天他打開手機想要聯繫甜七時，卻發現甜七的手機是關機狀態，怎麼也打不通。他瞬間什麼聲音都聽不見了，明明哥兒們在問他怎麼了，可他無法回應。這是他第一次有了不好的預感，心臟急速下沉，胸口也悶得喘不過氣來。

回過神後，他連外套都沒穿，穿著睡衣就衝回他們的家。沒有人在。

王辰拿出手機，一個個打給朋友，終於透過甜七的一個閨密聯繫上她。

王辰說：「甜七，你回家好不好？」

甜七說：「你知道我當時聯繫不上你的心情了嗎？」

王辰說：「別鬧！」

甜七先是難以置信，而後又無奈地笑出聲來說：「你到現在都還覺得我在鬧是嗎？王辰你給我聽好了！我要跟你分手！」

…六…

那天王辰一夜沒睡，不停地坐起，根本躺不踏實。天沒亮，他就去找自己最好的哥兒們，風塵僕僕地趕去他家。哥兒們不明就理，只好帶著王辰去找甜七。那時沒有那麼多計程車，王辰只能坐公車，每過一站他的心就顫一下。半小時車程顯得無比漫長。還好哥兒們在身邊，不然他都不知道，自己這一路會胡思亂想到什麼地步。

他想起以前有一次他跟甜七聊天，也不知道為什麼就聊起了分手的話題。

甜七說：「要是我們真分手了，我就當一個很愛你的朋友，我離不開你。」

王辰說：「這世界上沒有誰離不開誰。」

為什麼當時他要這麼說呢？他也不知道。

終於到她閨密家樓下，等了很久沒等來甜七，只等來了她閨密。

對方拍拍他的肩膀說：「回去吧。」

王辰說：「你告訴甜七，我死也不回去。」

又不知道等了多久，他的手機終於收到了一則訊息，是甜七的。

他興奮地打開，甜七是這麼寫的：「馬上要過元宵節了，你快回去，有話以後再說，你先回家，看看爸媽。」

王辰回：「我不，我就要你現在下來。」

甜七回覆：「你知道嗎？這麼多年來你一直沒明白，不是每個人都有你這樣的條件。允許你輕鬆自由，這沒關係，最讓我難過的是，王辰，我以為我們是這世界上最瞭解彼此的人，可你一直沒看到我肩膀上的責任。我們是成年人了，拜託你長大好不好？」

那些話把王辰的防線澈底擊潰。

在很多沒有結局的故事裡，女生總是比男生更成熟。所有的回憶像是泡沫般不停湧現，然後碎裂。他早該想到這些天甜七有多掙扎，他早該想到那天甜七肯定打了無數個電話給他，一次次地聽到關機的提示聲，一次次地失望，一次次地難受，慢慢變成絕望。

你知道嗎？**對一個人的失望，是積分制的。爲什麼那些平日看起來可能與你相安無事的人最後選擇離開？因爲她早就在心裡給了你無數次機會，只是你從來沒有把握住。失望變成絕望，就意味著放棄。**

…七…

五年後，王辰寫了一本書，在扉頁上寫下甜七的名字。他回到了合肥，想盡一切辦法找到甜七的聯繫方式，想要把這本書給她。

可遠遠見到她的一瞬間，王辰自己把書撕了。

聽到這裡我問：「為什麼不把書給她？」

他說：「有時候你滿腹心事，對面的人已經不是那個你想向他訴說的人。有些事就是這樣，一眼萬年，滄海桑田，那些所謂的補救辦法，不去做也許更好。沒有結局的故事，就讓它留在風中吧。」

那一瞬間他想起以前兩人一起看書一起準備考試，一起租房子一起去學英文。他想到自己剛開始準備考研究所時，甜七雖然知道他要去南京，但還是陪著他一起準備。他還想起自己說：「沒有誰離不開誰。」其實那幾年，一直是他離不開她。

最後他離開合肥時，遇到了當年共同的好朋友。她見到王辰後歎了口氣說：「你知道嗎？你的初戀是學校最好看的女生，誰都沒想到她居然被你追走。」

她還說：「你知道嗎？我一直都替你們遺憾，或許你再也找不到願意陪著你的女孩了，而她或許再也找不到像你一樣細心的人了。」

王辰說：「沒什麼，是我不配。」

她歎口氣說：「你別回來找她了，我知道，你經得起波瀾，可是她經不起了。她好不容易澈底忘了你，開始有自己的生活，你一出現，她又要從頭開始了。」王辰點頭，什麼話都沒有說。

那天他回了南京，找我去他家喝酒，跟我講完了這個故事。故事講到最後，他拿起酒杯一飲而盡，走進廁所洗把臉。不知道他是不是要掩藏自己的眼淚。

他幽幽地說：「十年了，都快十年了。」

我在一旁不知道該說什麼。

他說那年情人節的情景，總出現在他腦海裡，變成夢境，他分不清真假。

夢裡的甜七問：「能不能為我留下來？」

王辰說：「可以。」
甜七繼續說：「說你願意為我留下來好嗎？」
王辰一字一字地說：「我‧願‧意‧為‧你‧留‧下‧來。」
然後他就醒了。
我瞥見他家中櫃子裡放著一個足球，突然想起五月天的歌〈彩虹〉有這麼一句歌詞：
「我張開了手，卻只能抱住風⋯⋯。」

道別是看到那些美好
再也不會跟你說了

她又問　那你知道一個人不喜歡你是什麼表現嗎
我搖搖頭　她說
是他不再跟你分享他的生活了　也不再對你有所回應

……一……

楊小毛是個攝影「大神」。

當年她還是攝影新手時，常常拿著傻瓜相機到處亂拍。有一次我們一起去廈門旅行，她自告奮勇當起攝影師，她男朋友李誠責無旁貸，充當模特兒。

那天天氣很好，小毛說：「老李你站到那個石頭旁邊，假裝你左側四十五度角走來了你心儀的女孩，就往那邊看。」

老李哭笑不得：「我愛的人不就在我正前方嗎？你要我怎麼往左側看？」
小毛說：「你別來這一套，為了藝術，你這一秒鐘的戀人不是我。」
我們在一旁目瞪口呆。
更令人瞠目結舌的是楊小毛突然間劈腿，我們驚恐地問：「小毛……你的腿不疼嗎？」
小毛給我們翻了個大白眼說：「你們懂不懂，這叫攝影視角！」
回來後我們一起將照片輸出，我瞇著眼睛端詳半天，疑惑地問：「小毛，這張照片老李在哪裡？」
小毛指指照片的右下角說：「不是在這裡嗎？」
我認真辨認，終於憑著那脫離地心引力的三根頭髮辨認出了老李。我瞬間對楊小毛佩服得五體投地。

…二…

楊小毛突然想學攝影的原因，是她想把每天看到的東西都記錄下來，分享給老李。因為那一年去廈門的旅行，正是老李的畢業旅行，很快他們就要暫時分隔兩地。
小毛比老李小三歲，畢業對她來說還很遙遠。
那之前有一天我們半夜失眠，在群組裡你一句我一句地聊天。

老陳說：「小毛啊，異地戀可是很危險的，你看看老盧，因為常年在國外，所以沒有人喜歡他。」

我說：「小毛啊，異地戀可是很危險的，你看看包子，因為常年漂泊，喜歡的人就跟他分手了。」

包子說：「小毛啊，異地戀可是……等等，我分手是因為我常年漂泊嗎？」

老李趕快打岔說：「喂，你們別亂講話。」

又看小毛很久沒說話就說：「沒關係啦，現在科技多發達，你把日常生活拍給我看，不就等於我們每天在一起一樣嗎？」

老李可能只是隨口一說，但小毛卻默默背起相機，從此開始記錄生活裡的每個細節。

過了半年，那年冬天的上海下了場大雪。她衝出家門在大雪裡一陣狂拍，活蹦亂跳的像個孩子。

老李看到照片後打電話給小毛，哈哈哈笑著說：「小毛，好端端的大雪，怎麼被你拍得跟頭皮屑似的。」

小毛說：「你嫌棄我拍照難看，那你回來啊，你回來啊！」

第三天，老李竟真的從北京飛回上海，小毛開心地把我們都找出來一起吃了頓火鍋。回途中又開始下雪，小毛突然跪下來說：「老李同學，你將來願意娶我嗎？」

老李被逗樂了說：「小毛同學，你怎麼了？」

小毛急了說：「你管我怎麼了，你說你願意不願意？」

老李說：「好啊。」

小毛樂不可支說：「太好了，這下看你怎麼逃。」

包子搶過小毛的相機，繞著他們轉了一圈又一圈，認真地假裝自己是專業攝影師。

小毛笑著說：「包子，你這一圈圈轉得累不累呀？」

他躺在地上氣喘吁吁說：「你不懂，這叫攝影技巧！」

接著他說：「老李啊，我可是用電影的手法把這畫面拍下來了，你賴不掉。」

老李哈哈笑，牽起小毛的手說：「不會的。」

我和老陳在一旁看著，老陳突然下定決心似的說：「我想去南京。」

我問：「去南京幹嘛？」

他說：「追大丁。」

我記得那一年，是二〇一一年。

我們熱淚盈眶，熱血熱情，一個人也像千軍萬馬，活得熱烈。

…三…

二〇一二年我去北京，老李來接我。

好朋友好久沒見準備去喝一杯，去之前我正好在跟小毛聊天。

我說：「小毛，我見到你家老李了，一會兒我們去喝酒，嫉妒嗎？哈哈哈。」

小毛回：「老李跟我報備過啦，我恩准了，怎麼樣，有人在意你去喝酒嗎？」

我啞然，心想這深仇大恨只能報在老李身上了。幾杯啤酒咕咚咕咚下肚，我趕緊又叫上幾瓶，還沒等我大展拳腳，楊小毛就打電話來。老李接起電話說：「不是跟你說過了嗎？我跟老盧在喝酒，你放心，真的沒有女孩子。」

掛了電話他對我不好意思地笑笑說：「她就是這樣。」

過了沒多久，電話又響了起來，又是小毛同學。

老李說：「你等我一下，這裡太吵了，我出去接。」

我看著他接電話時煙抽了一根又一根，掛了電話還在原地待了一會兒，等他回來時，我試探性地問了句：「沒事吧？」

他搖搖頭說：「沒事，她就是不相信我。」

沒想到一會兒，我的電話響了，接起來就聽到小毛大喊：「老盧，老李在你旁邊嗎？」

我說：「在啊。」

她還沒等我說完，就說：「你把電話給老李。」

接完電話老李無奈地對我搖搖頭，把他的手機翻過來給我看。整個螢幕都是未接來電，通通是小毛打的。

我說：「你就讓著她吧，你們分隔兩地，她女孩子家還是會擔心的。」

老李說：「你是不知道，每天都這樣，一天二十四小時她都在打電話。有好幾次我說在開會，她還是每隔五分鐘打一次電話。如果我關機或者沒接到，她就打給我所有的同事。你知道嗎？我同事看我的眼神都不耐煩了，我還得跟每個人道歉。」

我隱隱覺得這段感情有點令人擔心了，只是後來的事我就記不大清楚了。只記得半夜喝了一杯又一杯，還有小毛給我傳的一則又一則的訊息。反反覆覆都表達同一個意思，「你們怎麼還不回家？」。第二天迷迷糊糊醒過來，看到手機裡有一則早上傳過來的訊息。是小毛：「他不在我身邊，我沒有安全感。」

…四…

二〇一四年小毛畢業，她傳訊息給我們大家：「我去北京找老李，你們也來吧」，抽空聚聚啊。」

那天我們在北京後海，夏夜的晚風總是把人吹得心神蕩漾。同樣的情緒也感染著小毛，小毛拉著老李的手停了下來。

老李轉過身來，疑惑地問：「怎麼了？」

小毛看著他的眼睛說：「娶我吧。」

老李卻迴避著小毛期待的眼神說：「再等等吧。」
小毛說：「我已經等了兩年半了。」
老李說：「你別鬧，等我再多賺點錢，等我們再穩定一點。」
小毛突然一聲大喊：「我從來不怕吃苦，只怕不能跟你在一起。」
老李沒有正面回應說：「這麼多朋友看著呢，你乖，我們回去說。」
小毛的眼淚在眼眶打轉說：「你怎麼了？以前不是這樣的，你以前明明都答應了。」
老李說：「你知道在北京生活壓力多大嗎？你知道我不想讓你跟著我吃苦嗎？你知道什麼叫業績考核嗎？我不是說了，等我再好一點嗎！」
小毛突然說：「你是不是對不起我？」
老李大驚，半天嗓子裡蹦出沙啞的一個字：「啊？」
小毛聲嘶力竭的問：「那你說這段時間為什麼都不傳訊息給我？」
老李說：「我不是回你了嗎？」
小毛說：「兩小時之後回也叫回嗎？」
老李歎口氣說：「無理取鬧。」
小毛抓住老李的胳膊說：「好，那我再問你，為什麼你的房間裡沒有我的牙刷，沒有我的毛巾？你說！」
老李甩開小毛的手回答：「你都兩個月沒住了，我收拾了一下怎麼了？」

小毛說：「才兩個月沒住，你就要把我住過的痕跡都收拾乾淨嗎？」

老李氣得說不出話，轉身就走，留下小毛一個人怔在原地。

我有點胸悶，喘不上氣。包子本來拿著相機拍著我們，也一時間不知所措。小毛轉向包子生氣地說：「拍什麼拍！」說著就想奪過相機往地上砸，包子只得拚命護住相機。小毛鬧了一會兒，慢慢地蹲了下來，把頭埋進膝蓋裡。

我們知道她在哭。

…五…

二〇一五年春天的夜晚，我在上海。老李把小毛寄給他的所有照片轉交給我。

我說：「小毛拍的照片都是給你的，你放在我這裡不合適。」

老李說：「那你找個機會幫我給她吧。」

我問：「你連見她一面都不願意？」

老李說：「我不見她，是為了她好。」

我歎口氣說：「你不見她，是為了讓自己心裡舒服。」一時無話。

老李打破沉默說：「幫我跟她說對不起。」

我說：「我才不管，要說你自己去說。」他沒接話，搭計程車走了。

我在原地待了一會兒，心想照片還是要轉交，只是一時不知道怎麼跟小毛開口。好不容易下定決心打電話找她，卻找不到；去她租的房子，她室友說她下午就出門了，到現在都沒回來。我想了想，去了她當時跪下「求婚」的公園找她。她果然在，滿身酒氣抱著一棵樹喊老李的名字，死活都不肯鬆手。我拚命把她拉開，她又一把抱過去。

她說：「你不要拉著我，讓我抱他一會兒。」

我說：「楊小毛！你別發酒瘋了！我送你回家！」

小毛突然整個人軟了下來，像是被抽乾了力氣，靠著樹坐下來，說著：「我知道啊，我知道我在發酒瘋啊，可只有在發酒瘋的時候，我才能把這棵樹當成他啊。」

我腦海裡突然浮現出以前自己的樣子，浮現出當時包子在我身邊的樣子。我走到樹邊陪她蹲了下來說：「那……你想走的時候告訴我一聲。」等她嗓子喊啞了，我叫了車送她回家。

在計程車上她突然問：「你說是不是都是我的錯？」

我不知道該說什麼，只好說：「那就都忘了吧。」

她哭著說：「我忘不了，我總覺得他還會回來的，所以我等。」

我還沒來得及說話，她頭抵著前座，睡著了。剩下那句「老李把你的照片都退回來了」我怎麼也說不出口。

⋮六⋮

過了半個多月，小毛過生日。我們想幫她舉辦生日派對，卻突然得知她去了北京。兩天後，她回到上海，一身疲憊，滿眼通紅。她去做了什麼我們都猜得到，誰也沒有問她。

只是我說了一句：**「對一個人好到失去了自己，值得嗎？」**

小毛說：「一會兒我去你家，你把那一箱子東西給我吧。」

我說：「是老李告訴你的嗎？」她擠出一個無力的笑容，點點頭。

老陳說：「我們陪你去。」

小毛說：「不用，我拿了就走。」

之後，楊小毛銷聲匿跡了兩個月，直到有一天她突然傳訊息給我。

她說：「你陪我去田子坊吧。」

我問：「去田子坊幹嘛？」

她說：「手癢了，想拍照。」

那天小毛從天亮一直拍到天黑，拍到相機沒電，再用手機拍，拍到手機沒電自動關機。

我拿行動電源給她充電，小毛開機，熟練地輸入密碼，突然就哭了。

我腦袋一片空白，慌慌張張地找衛生紙。小毛緩過神來說：「沒事，我就是突然發現我的密碼還是他的生日，因為習慣了一直沒在意，我現在就把密碼改了。」記憶裡的人離開了，手機卻替你記得。

吃完飯我想送她回家，她說：「不用了，我想一個人坐地鐵。」

我說：「注意安全。」

臨走時她問：「你知道喜歡一個人是什麼感受嗎？」

我說：「是無時無刻想知道他的消息吧！」

她說：「你說對了一半，**當你很喜歡一個人的時候，你會希望他能參與你的生活，你會希望你的所有情緒他都能有回應**。他回覆得慢了一點，你就覺得他不關心你了，因為我們都太怕失去，一點風吹草動都受不了。」

她又問：「那你知道一個人不喜歡你是什麼表現嗎？」

我搖搖頭，她說：「是他不再跟你分享他的生活了，也不再對你有所回應。」

第二天小毛把社群裡所有的相簿都上了鎖，所有分享的歌曲也都刪了，還賣了自己的相機，把上海的房子退租。我擔心小毛，傳訊息給她。

小毛回：「有時候就算你站在那扇門前，你也不想再開門了。你以為你在分享生活，可其實只是你一個人自娛自樂。我把回憶上了鎖，不需要鑰匙，就當是我自己的秘密。」

就此小毛離開了上海，再也沒有在社群上分享一首歌，分享一張照片。

…七…

二〇一六年，我定居北京。

有一天收到小毛的訊息，我們約在三里屯見面。

她說：「上次我來北京還是我生日呢。」

我說：「那時我們還想幫你過生日呢，你居然拋棄我們一個人來北京。」

她說：「什麼叫拋棄你們啊，是我拋棄了自己。」

她看著窗外，突然說：「原來這就是北京啊。」

我疑惑地問：「你不是來過北京嗎？」

她說：「不一樣。」

她說：「有那麼一陣子，我拚了命地想來北京，瞞著所有人投履歷。其實我已經找到工作了，就差跟老李說。生日那天我想著最後一次，給他最後一次機會。沒想到**他已經連我的生日都不記得了，那一刻我突然明白，是我一直沒有放過自己**。我不是給老李機會，是給我最後一次機會，最後一次死心的機會。」

我正色道：「一年過去，小毛同學，你長大了。」

小毛拍案而起說：「長大個屁，老娘一直年輕，我永遠十八歲，十八歲！」

我舉手投降說：「是是是，你十八你十八，三里屯裡的一朵花。」

小毛說：「你陪我去拍照吧。」

我說：「又來？」

她說：「不樂意？」

我再次投降，說：「非常樂意。」

我本來以為她要拍很久，結果才拍了三張她就停下來，取出相機裡的記憶卡。她把記憶卡丟給我，說道：「那箱照片我還是扔掉了，卻捨不得扔掉這張卡。這張卡本來快滿了，這次我終於有勇氣把它拍滿，你留著吧，或者丟給包子。這裡面的回憶對我不重要了，但我覺得或許你們想要留著。」

回家後我打開了記憶卡，裡面是她那些年拍的所有照片，有些是老李，有些是她學會用三腳架之後的自拍，當然還有一些拍的是我和包子，還有老陳。

我看著照片哈哈大笑，心想原來那個時候我們長這個樣子。一邊笑一邊複製照片傳給包子，包子秒回：「沒想到這麼多年我們的顏值進步很大啊。」

我一邊聊天一邊把照片都拷貝給他，最後，我發現還有兩段影音。我點開，所有的笑容都凝固在臉上。

一段是那天包子跑了一圈又一圈幫他們拍的影片。影片裡兩個人多麼幸福，影片外兩個人毫無聯繫。

「老李同學，你將來願意娶我嗎？……」

「好啊。」

另一段是那天在後海，包子拿著相機拍的。在他們吵架前五分鐘，有這麼一段對話。

「老李，好像你從來沒有拍照片給我呀。」

「小毛，我哪像你有那麼多時間到處拍照啊。」

然後小毛說：「娶我吧。」

老李說：「再等等吧。」

突然我想到，又把所有只有小毛一個人的照片點開一張張看。我終於明白了剛才一閃而過的違和感是什麼。在所有只有小毛一個人的照片中，她永遠在畫面裡的最左邊。她說過，老李喜歡她站在自己的右邊。

我的眼淚止不住往下掉。我突然想起楊小毛的那句話，**喜歡就是想把自己的生活分享給他**。就像那時漫天飛雪，想拍給你看；那時聽到好歌，想唱給你聽；那時激動的情緒，希望不用說都有人懂。喜歡就是看到所有美好的東西，都想和你分享。

後來走廊被黃昏染色，冬天被大雪喚醒，思念被歌曲收藏，卻找不到分享的人。**道別就是看到所有美好的東西，也不會再和你說了**。

你喜歡滿天星空
而我等的是日出

我們不是為了迎合別人才來到這個世上的
我們的努力和前行也不是準備給誰誰誰的出現的
我們有自己要走的路　有自己要去的地方
如果沒有同行的那個人　索性一個人看風景

……一……

多年前我一腳邁入大齡單身男子的行列時，不可避免地被逼著相親。作為多年好友，包子自然也沒能擺脫類似的命運。

逢年過節，我總會問他：「嘿，包子，你媽逼你相親了嗎？」

包子回答：「你媽逼了？」

我用力點頭：「逼了！」

不過我天生機智，每一次都能找到合適的理由逃遁。

但你知道的，凡事總有個例外。那天我提前跟老陳訂下好暗號，他按照計畫，算好時間準時打電話給我。一分鐘後我掛掉電話，對坐在對面的女孩說：「不好意思啊，我有個朋友生病了，我得去看看他。」

女孩非常淡定，隨口問：「老陳他又怎麼了？」

我邊站起身邊說：「他吃小龍蝦過敏了，哎呀，我這個朋友很蠢的。」

女孩說：「老陳啊？上次是不是吃巧克力過敏了？我感覺你這個朋友人生很灰暗。」

我認真點點頭說：「就是啊！」

突然我意識到哪裡不對，僵在原地，擦了擦額頭的汗，顫抖著聲音問：「你是怎麼知道他叫老陳的？」

女孩噗哧一笑說：「我和大丁是好朋友啊，你這些招數，我來之前就知道了。」

俗話說得好，常在河邊走，哪能不濕鞋。我這次一個打滑，連人帶鞋摔進了河裡。我只好一臉尷尬地坐下來，腦袋裡開始盤算著怎麼不失禮貌地給女孩說明道歉。

女孩哈哈笑出聲來說：「沒關係，我也是被我媽逼的，正好大丁說你也是被逼的，我順水推舟就來了，正好堵堵我媽的嘴。」

女孩的名字叫韓琪，後來她成了我們的好朋友。

韓琪那天邊吃著自助餐跟我講述她的價值觀，她說：「你看，長輩們老覺得婚姻是人生大事，我倒覺得沒什麼。電影可以一個人看，飯可以一個人吃，旅行可以一個人去，所謂的夢想也可以一個人實現，誰規定必須身邊有個他？」

我點頭表示贊同，又正經說：「不過還是有件事你需要一個他的。」

韓琪一臉疑惑地問：「什麼事？」

我說：「生孩子。」

韓琪愣了三秒，搶過我的盤子，邊吃邊說：「哈哈哈，混蛋，這頓飯你請。」

我看著她狼吞虎嚥的樣子，腦海裡不禁有個疑問——為什麼有的人這麼能吃也不胖呢？

韓琪接著說：「我沒有辦法為了別人委屈自己，所以一個人生活也挺好。如果沒有辦法把時間花費在喜歡的人身上，我就把時間花費在自己喜歡的事上。」

我問：「譬如呢？」

她吃了一口牛肉說：「譬如吃啊。」

我們不是爲了迎合別人才來到這個世上的，我們的努力和前行也不是準備給誰誰誰的出現的。我們有自己要走的路，有自己要去的地方，陪伴在身旁的是跟我們同行的那一

個。如果沒有同行的那個人，索性一個人看風景。

除非兩個人在一起感覺能更好，否則寧願一個人生活。就這點堅持，沒辦法妥協。韓琪是這麼想的也是這麼做的。那時她身邊有兩個追求者，通通被她打發回去。

其中一個死纏爛打。

有一天他在樓下對韓琪喊：「你不下來我死也不走！」

韓琪下了樓，先是給了他一個大大的微笑，然後從身後拿起手機說：「喂，警察先生嗎？這裡有個變態，對對，就是××社區，請你們快來吧！」

那人怒喊：「我到底是哪裡不好，你就這麼嫌棄我？」

韓琪冷冷地說：「沒什麼不好，我不喜歡而已。」

那人又說：「你想要什麼我都能給你，我有車有房，還不夠嗎？」

韓琪不屑地說：「老娘就討厭自以為有車有房就可以擁有一切的人。」說完韓琪就轉身上樓了。那人還不肯走，在樓下繼續罵罵咧咧。

突然樓上一盆水澆了下來，男人大罵：「他媽的誰幹的！」

一個聲音從七樓冷冷地傳來：「咦，怎麼下雨了呢？」

另一個採取迂迴戰術。

時不時給韓琪分享歌分享電影，大多沒有回應，堅持了一段時間也只好放棄。

據說有一天他給韓琪發了張星空的照片，對她說：「我想和你一起看星星。」

韓琪回：「你別鬧了，今天霧霾天，你告訴我北京哪來的星星？」

⋯三⋯

老陳比較直白，說：「韓琪，你活該單身，你看看，甜蜜的你拆臺，現實的你又不要，你這麼理智，沒人敢要你。」

我也問：「韓琪，你想要的是什麼？」

韓琪說：「我等的不是一個什麼樣具體的人，而是那個人能給我帶來的感覺。」

我們不明所以，韓琪便繼續解釋：「可能是一種熟悉的語氣，可能是一種很棒的習慣，可能是一種開心的感覺，我要的就是這些。」

我一時無言以對，對她說：「你這也太意識流了。」

韓琪撩了下頭髮，得意地說：「姐行走江湖多年，憑的就是意識流。」

那陣子恰逢年前，韓琪的相親一直沒斷過。每次韓琪出發前都會給我使個眼色，我敬禮說：「放心吧，保證完成任務。」

時間來到晚上八點，我估計韓琪要坐不住了，就打電話給她：「韓琪，那個電影快開場了，你快來。」

韓琪便對著電話火急地說：「什麼？出什麼事了？你出車禍！你快把地址告訴我，我馬上就到。」

我當時聽她說話的語氣，不由得感歎：「這演技，不去拍電影真的可惜呀。」

我們有時也會真的去看場電影，更多的時候我們會叫上大丁和老陳一起喝酒，幾個人喝得興致勃勃，一起吐槽遇到的「奇葩」事，意外地聊得來。

有一次老陳沒空，我們就去看電影。那天我有點感冒，看電影的時候打了個噴嚏。

韓琪問我：「怎麼感冒了？」

我擺擺手說：「沒事，很快能好。」

看完電影，韓琪看看手錶，嘟囔著：「可惜附近的藥局都關門了。」

我笑著說：「感冒而已，沒事的。」

送她回家後，我到家，剛洗完澡躺下，突然接到韓琪的電話。

她說：「我實在沒找到藥局，只好去便利店買了點維他命C發泡錠給你。」

我說：「沒事的啦。」

她正色說：「不行，你從明天起，每天泡一片喝。」

…四…

過完年，韓琪回北京，沒多久我也去北京玩，正好遇到她搬家。晚上她叫了幾個朋友一起喝酒，我跟她的幾個朋友都不太熟，就走到陽臺看看風景。

韓琪拿著兩個酒杯走過來說：「這種時刻就別難過了。」

我說：「沒有。」

韓琪遞來一個酒杯說：「是嗎？我剛才看你的樣子，還以為你想到了什麼。」

我搖搖頭說：「只是覺得大家不太熟。」

韓琪問：「還是習慣一個人待著嗎？」

我說：「可能我懶吧，我不是那種拚命找話題的人，碰上聊不來的話題我又懶得去插話，這時候一個人待著比較舒服。」

韓琪說：「你看，這就是我要的東西，我想兩個人在一起開心，在一起舒服，其實一點都不意識流。」

那天北京是難得的好天氣，抬頭看著天空恍惚間能看到幾顆星星。

韓琪邊喝酒邊接著說：「其實我也喜歡看星星，我也覺得地鐵很擠，但他們都抓不到重點。星星很好，但身邊的人的感受更重要。不是說去看星星不好，而是跟喜歡的人一起去看星星才是最棒的。**事情很重要，但一起做事情的人更重要。**」

我認真思考了一下，對韓琪說：「其實……你還是有點意識流。」

韓琪說：「說起意識流，你才是老大，等下你幫我收拾。」

我一看客廳杯盤狼藉，心想——我上了賊船了，哈哈！

收拾完已經凌晨，睡意一陣陣往上湧，韓琪送我下樓等車。等車時她對我說了句什麼，我卻走了神。

等到我再問，她打了一下我的肩膀說：「我說過去的事情你就別想了啦。」

我笑著說：「真沒有。」

韓琪說：「別裝啦，我知道你心裡裝著個人。心裡裝著個人的感覺我也懂，就算她遠在天邊，就算你的眼前有不錯的人選，你的心還是在她那裡。我知道的。」

臨走時，她塞給我一管維他命C發泡錠說：「北京這地方不養人，你這體質容易生病，上次給你的應該喝完了吧。喏，給你，記得……。」

我搶過話頭：「每天泡一片。」

她不忘叮囑我：「你別光嘴上說說啊，記得要喝！」

⋯五⋯

一個月後我離開北京回墨爾本，韓琪來送我。

上飛機前，韓琪問我：「你知道為什麼我去相親只是走過場，卻還是去嗎？」

我說：「不是因為你想堵上你媽的嘴嗎？」

韓琪搖搖頭說：「總是差一點。」

我突然說：「我答應過一個人一件事。」
韓琪問：「什麼事？」
我說：「看日出。」
韓琪問：「怎麼說這個？」
我說：「我是一個等日出的人，而你最愛的是夜空裡的星星。」
韓琪笑著輕輕抱了抱我說：「我知道的，哎呀你快走啦，你要來不及了。」
就這樣，她一邊催促一邊把我推進海關。我回過頭跟她揮手說再見，不知道為什麼有些恍惚，總覺得缺了點什麼。
後來很長一段時間沒見面，唯一一次聯繫是她打電話給我。我心想：居然打國際長途電話，一定是什麼要緊事。但我還是沒想到她接下來對我說的話——她說自己要結婚了。
我從床上蹦起來說：「這是好消息，你快跟我說你這單身問題是怎麼解決的。」
韓琪問：「你沒有其他的話要說嗎？」
我說：「有啊！早生貴子，百年好合！恭喜我們的韓琪姑娘不用再相親了，真的太不容易了。」
韓琪沉默了一會兒，最後說：「果然到最後你還是差一點。」
我說：「啊？」
韓琪就此掛了電話，留給我一串急促的「嘟嘟」聲。

然後呢？半年後我去北京，想要找她，發現她搬了家。打她以前的電話，沒人接。傳訊息給她，沒人回。

我問大丁關於韓琪的消息，問韓琪的婚後生活。大丁卻一臉震驚說：「韓琪根本就沒有結婚啊。」

換我一臉震驚，忙著跟大丁解釋說：「韓琪那時打電話給我說自己要結婚了。」

大丁說韓琪沒結婚，只是後來辭了在北京的工作，回家了。

兩天後，我去出版社簽書，編輯給了我一張明信片。我心想這年頭誰會寄明信片，卻看到明信片上寫著短短兩行字——**我和我的詞不達意，你和你的心領神會。本以為是這樣，可還是差一點。**

我的心像是被針扎了一樣。那天我跟她在機場道別時的情景，有時會出現在我的腦海，變成夢境，讓我分不清是夢還是回憶裡的現實，或是想像中的幻覺。

腦海裡有個女孩問：「你知道為什麼那天我會去找你嗎？」

我說：「因為你想擺脫你媽的嘮叨。」

女孩說：「不對。」

我說：「因為你想讓人請客。」

女孩說：「你再猜。」

我說：「難道是因為你想見我？」

然後，轉眼間身邊人來人往，女孩給我的回應被埋在人海裡，我沒能聽到。每次醒來後我才想起，那天我們好像沒有好好道別。

…七…

後來我去了很多地方等日出。

有一次在墨爾本的海邊，海邊很冷，我穿得很少，只好哆哆嗦嗦硬著頭皮死撐，一抬頭卻瞥見一片銀河，拿起手機拍了照。

空閒時我又拍了幾張墨爾本城市裡的照片，本來打算當成新書的插圖用。可我的技術有限，沒能過關。我不想浪費這幾張照片，想了想就放到了微博上。沒過多久我的郵箱多了一封郵件，來自一個我不認識的郵件位址。

我疑惑地打開郵件，附件是很多墨爾本的照片。落款是：**意識流少女**。我不知道她什麼時候來到墨爾本，照片裡是墨爾本的各種夜空。我一張張認真查看，突然看到一張幾乎一模一樣的星空。原來有那麼一天，她跟我去了同一個海灘。

我翻到照片的最後一張，是她拍的一段字。

我認得出來，是她寫的，這段字寫著：

我喜歡你的一句話，願有人懂你的欲言又止。

我以為這樣就好，可後來我明明知道你在難過什麼，卻沒法安慰你。

我總是這麼詞不達意，可後來我想通啦！

喜歡星空的人，總愛追逐那顆星星；

等日出的人，等的是黑夜過去。我懂的。

你要好好的，我們都要幸福。

PS. 發泡錠，你要每天喝一杯。

我愣了一會兒，腦袋裡不斷浮現出她搬家那天晚上的情形。她送我時說的那句話，其實我只是假裝沒聽到。她是這麼說的：「剛剛和你一起看星星，我覺得很棒。我知道你眼裡的那顆星星不是我，可我還是喜歡你。」

我不能離開他　我怕溺水

你相信星座嗎　他們說火象星座的人遇到困難也不怕
我就假裝自己是這樣的人　我這麼相信著　自己心裡就比較好受
好像是一道護身符一樣

……—……

聽孫淼淼說她媽媽幫她算過命，她命裡缺水，所以她媽媽幫她取了這個名字。老陳表示質疑說：「淼淼，我們是新新人類，不能迷信。」

淼淼嚴肅地說：「這不是迷信，我小時候溺過水，就是因為海龍王不保佑我。這些年，我都不敢一個人去海邊。」

這天她拿著星座書一本正經地研究，突然問我：「思浩，你知道哪些是水象星座嗎？」

我認真思考了一陣子，試探地說：「水……水瓶座？」

她合上書說：「水瓶座是風象星座！天蠍、雙魚、巨蟹才是水象星座！」

我突然來了興趣問：「那摩羯呢？」

淼淼說：「摩羯啊，土象星座啊！俗稱土包子。」

我掀桌怒喊：「哪裡土包子了！你看我土嗎？！」

淼淼看了我一眼說：「土啊！」

嗯？嗯！土個屁啊！盧思浩的人設可是時尚男孩好嗎！從此我堅定了不讓她再幫我看星座的決心。

⋯⋯二⋯⋯

二〇一二年的一天，她突然傳訊息給我：「老盧，來上海。」

我硬是不肯就範，回覆她：「從張家港過去很麻煩的！」

淼淼說：「出事啦，你快來！」

我立刻離開家，行李都沒收拾，一刻不停地奔赴上海。

淼淼來接我，我上車後問她：「到底出什麼事了？」

她怯生生地說：「能不能⋯⋯借點錢給我？」

我說：「好啊，多少？」

淼淼說：「五萬元。」

我一驚：「你出什麼事了？」

她說：「不是我，是沈洋出事了。」

沈洋是她男朋友，她說他工作搞砸了，不僅要被開除，還要承擔業務損失。她拚死借了十五萬元，還差最後五萬元。

我歎口氣說：「你把帳號給我，我轉帳給你。」

她說：「等我有錢一定還你。」

我說：「不急，不過你得先回答我一個問題。」

她問：「什麼？」

我說：「摩羯座是不是特別帥氣？」她哈哈大笑，點點頭，沒再說話。上海的冬天寒風刺骨，我看著窗外，下意識地把我的圍巾拉緊。

第二天我請他們吃飯，沈洋的作風一點都沒變。一身名牌倒還好，只是買單時他炫耀著自己最近剛買的錢包，要價將近一萬元。我忍著，心想作為外人也無從置喙。

沈洋走後，我沒忍住，還是開口問：「淼淼，你實話說他是不是還大手大腳地花錢？」

她沉默一會兒說：「他這個人就是要面子，沒事，錢還夠。」

我說：「夠？那你還到處借錢？」她沒再說話。

臨走時我說：「淼淼，錢從來不是問題，但他從來不肯為你花，還一直跟你要，讓你借，這是個問題。要面子也不是問題，但問題是他惹出來的，他至少也該節制。」

淼淼沒正面回答，反問我：「你知道當時他怎麼跟我表白的嗎？」

她說：「是在海邊。我從小到大沒有看過海，是他帶我去的；我從來沒敢潛水，雖然我會游泳，第一次潛水是他牽著我的手下潛的。你知道嗎？很奇怪，我明明很怕水，可是他在我身邊我就什麼都不怕了。後來他說他知道我從小就怕水，以後他就做我的船，永遠不會沉的船。」

我想起他們剛談戀愛的那陣子，沈洋帶著淼淼去了很多地方，都是她一個人不敢去的地方。

我問：「如果那艘船上的乘客不是你呢？」

她想了想說：「那我也不能離開他，我怕溺水。」

正好颳來一陣寒風，我忍不住打了個冷顫，這次換我語塞。

⋯三⋯

記憶裡淼淼是一個從來不會發脾氣的人。

不是說她沒有脾氣，而是她太能忍耐，太懂得克制，我甚至從沒見過她跟別人大聲說話。有一次我們吃飯，她被別人不小心潑了一身湯。

我站起來跟那個人理論，她卻拉拉我的袖子說：「沒事，他也不是故意的。」
我說：「淼淼，他都沒有跟你道歉。」
她說：「算了，算了。」
所以她跟沈洋從來沒有吵過架。即使錯的人不是她，她也會先服軟道歉。
我們在上海時，偶爾聚會。
有一天我們一起唱歌，剛開始唱幾分鐘，淼淼接到一通電話，就對我們抱歉地說：「不好意思我要先回家了。」
我說：「這才八點半啊，你就要回家了？」
淼淼摸摸頭說：「不好意思啊，我要去接沈洋。」其實我們都知道，沈洋一直在外面花天酒地。
也不是沒有勸過淼淼，可淼淼總說：「他就是愛玩了點，對我很好的。」
老陳一向有話直說：「淼淼你跟他在一起這麼久了，見過他幾個朋友？」
淼淼支支吾吾地說：「有見過幾個的……。」
老陳不屑地說：「是嗎？」
淼淼說：「就是他喝多了我去接他的時候，能遇到他幾個朋友的……。」
我問：「那他有介紹過你嗎？」
淼淼的頭低了下去，搖搖頭。

她擠出笑容說：「沒關係，沈洋就是這個性格。」

老陳有些愧疚，忙說：「淼淼，你知道我說這些的意思……。」

淼淼只是說了一句：「那我先走啦，下次再聚。」

第二天，我聽說他們大吵一架，不，是淼淼單方面被數落了一小時，原因是她晚到了幾分鐘。自那之後我就很少見到她了，就連她的閨密都很少能見到她。一直到幾個月後，終於再見到她，發現她完全變了個樣子。帆布鞋換成恨天高，黑頭髮也染成了亞麻色。

沒變的是聚會還不到半小時，她就說要走了，要去接沈洋回家。

臨走時她偷偷跟我們說：「別告訴他，我今天出門了喔。」

…四…

後來，我就回了墨爾本，很久沒有跟淼淼見面。夏天的時候，有一次飛機落地上海浦東，我傳訊息給淼淼。

她說：「我還沒下班，晚一點打電話給你。」

我看了眼手機，已經是晚上九點半。沒想到她回電話時，已經是夜裡一點了。

接到電話，我問：「怎麼這麼晚？」

她說：「剛下班。」

我說：「沈洋允許你這麼晚出門嗎？」
電話那邊一陣沉默，直到她說：「見面說吧。」
我趕到燒烤攤時淼淼已經到了，遠遠看到她略微心疼。燒烤攤人聲鼎沸，而她用手撐著腦袋，默默地在桌邊打著瞌睡。
我拉開凳子坐下，淼淼睜開眼說：「你到啦，來來來，我們喝一杯。」
我說：「好，我們好好喝幾杯。」
淼淼說：「不行，我明天一早還要上班呢，一杯，就一杯。」
我放下筷子問：「怎麼把自己搞得這麼辛苦？」
她不好意思地說：「那個，錢，我能不能稍微晚些還你？」
我岔開話題問：「對了……沈洋呢？」
她抿著嘴唇說：「我們分手了。」
我一驚問：「誰提的？」
她沉默了一會兒，輕聲說：「他。」
我忍住站起來掀桌的衝動問：「為什麼？」
她說話的聲音幾乎沉到了桌底說：「他說我沒好好陪他。」
我無法保持冷靜說：「你告訴我那個王八蛋現在在哪裡？」
淼淼站起來把我踹下說：「你別衝動，我都不生氣，你生什麼氣？」

我說：「孫！淼！淼！你怎麼能不生氣？」

她說：「我知道他對我好的時候，是真好。我想過了，他在我最難過的時候陪過我，他帶我去看過以前從來沒看過的風景，我要還他。」

我說：「淼淼，你難道沒想過他跟你在一起的時候，他也是開心的嗎？你為什麼總是看著別人對你的好，不看你對別人的好呢？你為了他從西安來上海，你為了他改變自己的愛好，這還不夠嗎？」

淼淼沉默，一言不發。我不知道是不是因為我的話說得太重了，但換成誰看到這些過程都會忍不住。

淼淼說：「我怕我離開了他，哪裡都去不了。」

我還想說些什麼。她說：「你別擔心我，我們火象星座的人樂觀開朗，即使遇到困難，也會馬上振作起來。」

我記得淼淼剛認識沈洋的時候，發瘋似猛查星盤，終於得出結論：她跟沈洋是絕配。我暗想如果星座書上說的都是真的，那為什麼淼淼跟他沒辦法走到最後呢？

路燈昏黃，映在她的臉上，她臉上掛著笑容。我看過很多次淼淼的笑臉，這一次，笑臉卻沒能掩飾她的難過。

我本以為他們的故事，到此就告一段落。可一個月後他們和好了。淼淼再次看到沈洋的那一刻，就澈底投降了。那些為了幫他借錢四處打電話的日子，那些默默加班到凌晨的夜晚，彷彿都跟眼前這個人沒有關係。在她心裡，他還是當初剛認識的少年，帶她去看海的少年，帶她坐旋轉木馬的少年，帶她走遍上海每個街道的少年。

而他也沒有一絲愧疚，拿了她的錢還債，彷彿這筆債務跟他就再也無關。而她為了替他還錢而欠下的債，並不是他的事。他回來了，她失衡的世界，彷彿重新有了重心。

於是，淼淼又過起了瘋狂加班，還得抽出時間去接爛醉如泥男友的日子。是的，就這樣，他回來了，過去的傷痕被洗刷得一乾二淨。可是很快他們就又分手了，理由是淼淼在他玩樂的時候多打了幾通電話。淼淼一聲不吭，沒有反駁，再次分手，以被動告知的方式。

隔天小裴傳訊息給我，說淼淼大病了一場。

我們趕到上海，淼淼看似恢復了大半，但雙眼裡還是沒有任何神采。我們誰都沒有勸說，只是靜靜地坐在她身邊陪她。良久，她開口說：「我想離開上海了。」

我問：「什麼時候走？」

她說：「等我把錢還完就走。」

我說：「淼淼，其實你欠我的錢不用著急還。」

她打斷我說：「不行，這是我欠你們的，我要趕快還完。」

我問：「那你自以為欠他的呢？」

她笑笑說：「我不知道。」

那天她大哭一場，再也擠不出一絲笑容，眼神裡寫著絕望。

她在小裴懷裡哭著說：「小裴，我好累。」

為什麼覺得累呢？

有人說，人變老是從心開始的。其實不是的，人變老不是從心開始的，是從你覺得累開始的。一次力不從心，兩次力不從心，於是你的心也跟著放棄了。世上那麼多放棄，其實都是一句「我累了」。

…六…

二〇一三年年底，我接到淼淼的電話。

她在電話那頭哭泣，我問怎麼了，她沒回答。我沒有打破沉默，聽著她哭，直到她掛電話。小裴說，她去找過淼淼，可惜沒能多聊幾句，淼淼似乎每天二十四小時都在工作。

後來，淼淼再沒打過電話給我，我們保持著偶爾的訊息聯繫。

她總說：「我過得挺好的，別擔心。」

一晃半年過去，二〇一四年六月，世界開始放晴，淼淼來找我。
我問：「怎麼想到來張家港找我玩了？」
她說：「一直都是你來上海，我才想到從沒到過你家鄉看看。」
我哈哈大笑問：「那你覺得我家鄉如何？」
她也笑起來說：「你家鄉很現代，可是為什麼你這麼老土？」
我說：「要不我怎麼是摩羯座呢？」
兩個人捧腹大笑。
她說：「其實摩羯座一點都不土，那都是我瞎說的。」
我「哦」了一聲，感歎道：「想不到你也有不信星座的時候啊。」
她眉毛一挑說：「因為我想通了啊。」說著拿出一個信封，裡面裝著五萬元。她抱歉地說：「對不起，我賺錢很慢，你是我最後還錢的人。」
我說：「這有什麼關係。」
她問：「你還記得我之前說過要離開上海嗎？」
我點點頭說：「什麼時候走？」
她說：「明天。」
我問：「想去哪裡？」
她搖了搖頭，又說：「你知道女孩子失戀為什麼要剪短髮嗎？因為她們需要一個儀式來跟過去道別。我知道我做不到，我沒辦法剪短髮就跟過去道別，只要還在這個城市，我就會想起曾經跟他一起生活的細節。」

…七…

二〇一六年，我去大連做校園活動，用限時動態貼文問大連有什麼好吃好玩的，淼淼在底下回：「你來大連啦？」

我忙回覆：「你在大連？」

她說：「我去年來的！來來來，我拍個影片給你。」

我一看，她是在海邊。

我詫異地問：「你去海邊了？一個人？」

她說：「哈哈哈哈，我還能在沙灘上玩水呢，厲害吧。」

我笑出聲說：「全世界你最厲害，看你這大眼瞪的，開心的樣子搞得別人還以為你中了樂透呢。」

她說：「我就是想告訴你，我曾經覺得自己離開了那個人之後就哪裡都去不了，其實不是的。你看，我一個人也能來海邊，一個人也能去別的城市。**我們都曾在感情裡溺過水，卻寧可在原地掙扎，等那艘開走的船回來**。我們小時候都笑刻舟求劍的人真傻，可我跟他又有什麼分別？思浩，我想明白了，我命裡缺的不是水，是別的。」

我問：「是什麼？」

她說：「是勇氣。」

我一愣，哈哈大笑說：「去踏浪吧。」

時間倒回到二〇一四年，我送她走那天。

淼淼在離開之前，在車站前停了好一陣，然後她才慢慢回過身來跟我道別。

她說：「思浩，我不是真迷信星座，只是有時看到那些關於自己星座的特質，總覺得自己也會有。**他們說火象星座的人遇到困難也不怕，我就假裝自己是這樣的人。我這麼相信著，自己心裡就比較好受，好像是一道護身符一樣。現在我想去試試，去試試自己到底是不是眞是這樣的人。**」

那麼，你信不信星座？

有人信，有人不信，其實無所謂的。**因爲生活還是那樣，它只是靜靜地在這裡看著你，等著你走出改變的第一步。**

那麼，你有沒有改變的勇氣？

想要跟她一輩子在一起的喜歡

他想　就這樣吧

他想　如果她可以開心　那他就做她身邊的螢火蟲

……—……

最近北京天亮得越來越早了。

凌晨五點多，我依然失眠，正躺在地毯上，無所事事地看著窗外，等著城市甦醒。就在這個時候，放在一旁的手機突然響了起來，不僅把我嚇了一跳，還把躺在一邊的貓咪二筒也嚇得從沙發上直接蹦了起來。

我一邊忍住想罵人的欲望，一邊又好奇到底是哪個王八蛋這個時間還不睡覺。

一看來電顯示，居然是劉校文。糟的是他不僅打電話騷擾我，還說他就在我家樓下。

當我打開門的時候，他戴著耳機，帶著貓糧，我看在貓糧的份上放他進來。只見他風塵僕僕，髮型也被窗外的大風吹得亂成一團。他匆匆跟我打完招呼，徑直走向二筒，開始對牠說話。

我當然知道老劉不是真的在跟二筒說話，他是在對自己說。

二筒是我養的一隻貓，在來我家之前，牠曾經短暫有過一個主人。後來那個人去了廣東，不知道什麼時候能回來，於是二筒就被放在我家，我成了牠的新主人。

二筒本來也不叫二筒，主要還是因為我喜歡「二筒」這個名字，所以牠欣然接受了這個新名字，反正牠也不能拒絕。

而老劉則很喜歡二筒之前的主人，七喜。

…二…

老劉跟七喜的相識，要追溯到西元二〇一四年。

他們原本不太熟，甚至不在同一個城市，卻都熱衷於一個又殘忍又很有時代感的遊戲——紅包接龍。

顧名思義，就是有人會在群組裡發紅包，拚手氣大家一起搶，搶到最少的人要接著發。你看，這遊戲真的很無聊，也很殘忍……。

有一天，他們被拉到了一個群組，故事就此開始。因為他們兩個人的手氣實在是不行。兩個人簡直就是在輪流發，輪流輸。

後來老劉加七喜好友，說的第一句話就是：「怎麼還有跟我一樣倒楣的人呢？」

七喜說：「我有一個轉運的辦法，你想不想知道？」

老劉說：「想。」

七喜說：「你轉二百元給我，我就告訴你。」

等到老劉真的轉帳了，他才驚呼自己還是太單純。

時間一晃而過，到了夏天，七喜拿著兩套衣服，箱子都沒帶就殺來了北京，據說她想來北京的原因也是想要轉運。她重新找了份工作，在人潮擁擠的鬧區住了下來，剛好跟老劉住得很近。

線上的友誼發展到了線下，兩個人開始時常聚會。

但想必你也知道，線上的友誼發展到線下的時候，大家往往會發現在網路上無話不談的兩人，原來在現實中的性格完全不一樣。

如果說有人說話輕聲細語，慢條斯理，讓你覺得如沐春風；那七喜簡直就是十二級颱風，來勢兇猛又轉瞬即逝，有時壓根就沒聽清她到底說什麼，只覺得這個人一驚一乍的。

老劉這人說話不能說是輕聲細語，他是根本就不說話，聚會的時候最沉默，輪到他喝酒了也不含糊，拿著酒杯就喝，喝完依然不說話。

我有時都很納悶，明明這個人在網路社交的話出奇地多，怎麼現實中就不說話了呢？

有一天，發生了一件小事。那天一群人聚會，說要玩什麼喝酒遊戲，一說到喝酒遊戲，就得考驗反應和說話能力。毫無疑問老劉一敗塗地，喝倒在地上，怎麼拽都走不動。是七喜叫車把老劉扛回家的，第二天老劉醒過來，冰箱裡多了很多甜點和牛奶。冰箱上貼著一張小字條——**牛奶給你醒酒，甜點要留著，是我的。**

…三…

又過了幾個月，到了七喜的生日。

老劉想了很久到底要送七喜什麼生日禮物，好報答那次的恩情，思前想後決定自己動手組裝樂高。

聚會上七喜一個個拆禮物，老劉在旁邊坐立不安，因為他看到別人送的東西要不就是名牌，要不就很用心。他緊張得手心都是汗，心想自己的禮物是不是太寒酸了，倒不是怕七喜會嫌棄，而是害怕七喜當著所有人的面拆開這個禮物時，會讓他在別人面前丟臉。

其實樂高很好，這個禮物也很有心意，可當時的老劉毫無信心。七喜拆開禮物，發現了熟悉的樂高模型，扭頭看向老劉。老劉不好意思看七喜的眼神，趕忙低下頭支支吾吾地解釋：「以前我們逛街的時候，你說……你說了這個模型挺好看的。」

七喜哈哈大笑說：「我隨口說的一句話你都記得啊？」

老劉瞬間漲紅了臉，七喜不再跟他開玩笑，給了老劉一個輕輕的擁抱說：「謝謝你，我很喜歡。」

這句話讓老劉的所有不安都消失了，確切地說，是讓他的所有想法都消失了，全世界只剩下七喜的那個擁抱和他自己的心跳聲。

從此以後，他再也沒能緩過神來。

聚會結束時，七喜已經喝得走不穩路，老劉攙著她說：「我送你回家吧。」

七喜說：「好啊，先陪我去便利商店買冰淇淋吧！」

結完帳走在寒風中，老劉發抖著問：「為什麼大冬天的你也要吃冰淇淋？」

七喜坐在臺階上說：「我分手之後才愛上的，不管冬天還是夏天，**如果心不能甜一點，就讓胃甜一點吧**。」

老劉站在一旁，想要說什麼，卻始終沒有說出口。

……四……

我和老唐都知道老劉喜歡七喜，在七喜不在場的聚會，老劉也時常提起她。

二〇一五年的冬天，老劉來找我。

他問我：「老盧，你知道暖氣壞了，應該怎麼修嗎？」

我疑惑地說：「我是個南方人，我也是第一次接觸到暖氣，不太清楚，要不找找水電。你家暖氣壞了嗎？」

他搖搖頭說：「不是我，是七喜家暖氣壞了。」

我說：「那你讓她找水電啊。」

他說：「七喜最近不在家。」

我八卦起來說：「那你怎麼知道她家暖氣壞了？」

他摸摸鼻子說：「是上次我去她家找她的時候發現的。」

我臉上浮起陰險的笑容說：「哦喲，孤男寡女共處一室。」

他立刻擺手說：「你想什麼，我們好幾個人一起去的，那時候天還不太冷。」

說到這裡他面露愁容說：「那時候天氣還不太冷，現在這麼冷，她回家哪受得了？」

我沒來得及說話，他又自顧自地滑起淘寶，問我：「你覺得哪家電暖器比較好用？」

我沒回答這個問題，改問他：「你這麼喜歡她，為什麼不表白？」

他說了一段很有文藝氣息的話：「我們的生活方式完全不一樣。她熱烈，我沉默；**她喜歡翻山越嶺去追逐北極星，我想我更適合舒服地躺在草坪上看星星。最後都是分道揚鑣，走不成殊途同歸**。」

他接著說：「這段時間我們幾乎每天在一起，她喜歡一個人時的眼神我一眼就能看出來。我從來沒有在那個眼神裡住過。」

我知道他沒有說實話。另一個很重要的原因，就是七喜從來沒有忘記她的前男友。

不久前我們幾個人一起去看話劇，看到一半七喜就哭了。因為七喜的前男友是個話劇演員，跟他談戀愛時，他總會跟七喜一起在家先對一遍臺詞，把劇情練習一遍。我想，她一定是想到他了吧。

不知怎的我突然看向老劉，他正在手忙腳亂地找面紙。他動了動嘴可還是什麼都沒說，只是把面紙遞了過去。千萬句想說的話，變成無聲的默劇。

十二級颱風，怎麼跟小橋流水在一起呢？**於是明明很喜歡，卻假裝不在意**。

…五…

都說兩個人相處，只存在兩種可能性——要麼成為朋友，要麼成為戀人。眼看著他們向著朋友的區域飛奔而去，我們心想一定要撮合他們。如果全世界只有一個人可以給七喜幸福，除了老劉，不做他想。

有一天我們去唱歌，慫恿老劉去表白。

老劉說：「我不要。」

我說：「表白了不成功能怎麼樣呢？」

他說：「我可能會死。」

老唐說：「人生自古誰無死，早死晚死都是死。」

我立刻打斷老唐說：「死什麼死，萬一成功了呢？就算只有萬分之一的可能，跟幸福比起來，你不覺得可以試一試嗎？」

老劉還是一個勁地搖頭。我跟老唐對看一眼，心生一計，一起給老劉灌酒。酒過三巡，我們微醺，整個世界都突然美好了起來，我站起來說：「老劉，如果你真的不知道該怎麼表白，就唱歌給她聽啊！你不敢太直白，把所有情緒都藏在歌裡面總好了吧！」

他終於撥通電話，支支吾吾說：「七喜，你……你有空不？我……我唱首歌給你聽。」

然後他開始小聲地唱起歌來，緊張得壓根找不到調，到了副歌的時候才進入狀態，可這狀態又過了頭，唱到最後幾句的時候，我們都能聽出來他的聲音裡竟然帶著一絲哽咽。

掛電話時他哭了，我們趕忙問：「怎麼樣，成功了嗎？」

他說：「電話剛打過去，她有事就先掛了，我對著空氣唱完了整首歌。」

我心一沉。

我們的心事都像一封永遠不會寄出去的信，寫的是尋人啟事，卻沒有收件人。

老唐不死心，發微信給七喜，好說歹說把她叫來ＫＴＶ。老劉看到七喜的一瞬間，眼神明亮起來，嘴角開始上揚，本就是微醺狀態，現在變成心神蕩漾。

那一瞬間我想，喜歡一個人真是好啊，整個人都能明亮起來。

兩個人坐在一起，七喜抱歉地說：「不好意思，我剛才確實有事。你想唱什麼歌？」

我趕快幫忙，跑到點歌台前點了一首《我愛的人》。

老劉像是下定決心似的，深吸一口氣剛拿起麥克風，七喜卻一把搶過麥克風說：「我會，我來唱，我來唱。」老劉頓時洩了氣，整個人眼神都黯淡了下去。

以我對他的瞭解，他那好不容易鼓起的勇氣，此時已經消失得無影無蹤。

最好的時機過去了，大概就不會再有了。

ＫＴＶ散場，七喜摟過老劉說：「你們不是總要我走出來嗎？我最近喜歡上一個人啦。」

老唐馬上接過話頭說：「那個人是不是就在這裡呢？」

七喜笑著說：「你可別自戀了，他不在這裡。」

她說這句話時，我就在旁邊，看著老劉尷尬得連笑都笑不出來。**或許有時我們應該慶倖，有些歌沒有唱出口，就永遠沒有曲終人散。只要沒說出那句話，就能假裝沒心事。**

可我還是覺得奇怪，心想七喜不該沒有發現老劉喜歡她啊，就拉著老劉問：「上次你到底有沒有送她回家？」

老劉說：「有啊。」

我說：「送她到家門口了嗎？」

老劉說：「沒有，為了順路，就把她放到社區門口了。」

我哭笑不得，不死心地又問：「那電暖氣呢，你送了嗎？」

他說：「送了啊。」

我心急地問：「她有啥反應？？」

他摸摸頭說：「我收件地址直接寫她家，她應該不知道是我送的吧。」

我恨鐵不成鋼，焦急地說：「你喜歡別人怎麼都不表現出來呢？」

他說：「我想跟她多待一分鐘，想送她到她家門口。可是我不敢跟她再多待一會兒，我怕我忍不住告訴她我喜歡她，我甚至不敢多看她的眼睛。」

我問：「為什麼呢？」

他說：「我怕她知道了，我們的距離會變得越來越遠。」

我舉手投降，對他無計可施。

又突然想起《破碎故事之心》作者沙林傑（Jerome David Salinger）的一句話：「有些人覺得愛就是性，是婚姻，是清晨六點的吻和一堆孩子，或許愛就是這樣，萊斯特小姐，但你知道我怎麼想嗎？**我覺得愛是想要觸碰卻又收回的手**。」

……六……

老劉知道七喜過去的所有故事，所以當他知道七喜喜歡上別人時，他大概是真的發自內心地開心。

但糟糕的是你永遠不知道自己多喜歡一個人，直到看到她愛上別人，沒辦法逆轉。

原來他這麼喜歡她。原來他根本放不下。

他不只一次夢到他們在一起，他想對七喜說「我喜歡你」，但每到這時候，他總是驚醒。夢境也跟現實一樣，永遠沒下文。

他開始正經八百地幫七喜追求那個男生。

七喜大概也沒發現，那陣子他可以直視她的眼睛了，雖然僅有那麼幾次。

七喜問：「我這則訊息應該這麼回嗎？」

他說：「你就這麼回，如果我是這個男生，我肯定會開心的。」

七喜問：「我應該經常把他約出來嗎？他好像還挺難約的。」

他說：「喜歡一個人當然應該把他約出來啦，多見一次面就多一次機會。」

七喜終於鼓起勇氣表白，卻和老劉同病相憐。那天晚上老劉送她回家，他知道七喜心情不好，就陪她一起吹風，一直陪到早上七點。兩個人一起壓馬路，在北京都快從三環走到了四環，每走過一個便利商店，他們都會買兩個冰淇淋。

其實老劉胃不好，可還是這麼陪著她，就這麼慢慢走了一晚上，一直走到太陽升起。

他用盡全部力氣安慰她，卻沒有辦法說出那句——我喜歡你。

喜歡是一種多麼貴重的東西，貴重到所有人面對自己喜歡的人，都說不出口。

他想，就這樣吧！

他想，如果她可以開心，那他就做她身邊的螢火蟲。

兩天後他們聚會，七喜突然說要去佛山。老劉什麼都沒說，跑到陽臺抽了根煙。他覺得自己正在沉入深深的海底，呼救聲也是沉默的。

…七…

故事的然後呢？故事的然後是他終於表白了。

那天是七喜要啟程去佛山的前一天，老劉幫她收拾行李。他一眼就看到了一隻貓，看到了二筒說：「加菲貓真可愛啊，可惜以後見不到了。」

「我交給老盧了」七喜說，「你可以去他家看看牠。」

老劉說的，其實不僅僅是貓。當他幫七喜收拾打包好所有行李，跟她道別時，七喜說：「當年我來這裡其實不是為了轉運，是為了忘記一個人。」

老劉問：「然後呢？」

七喜拍拍老劉的肩膀說：「然後我就遇到你們了呀，來北京真的太值得了。」

老劉看著七喜的笑容，終於忍不住說：「你要走了，我會想你的。」

七喜說：「我也會想你的。」

老劉用把心都掏出來的力氣說：「我的意思是我會很想你很想你。」

七喜愣在原地問：「怎麼了……？」

老劉終於還是說出了那句話：「我的意思是我喜歡你。」

我以前聽別人說，**這世上有兩件事情是藏不住的：一個是咳嗽，一個是喜歡。藏不住的喜歡會從你的眼神裡溢出來，會從你的舉動裡表現出來。**

最後鬼使神差，你還是會跟她說那句「我喜歡你」。

七喜當時整個人都傻了，她始終不願意相信老劉喜歡她。

喜歡她為什麼不表現出來？

喜歡她為什麼總是不送她回家？

喜歡她為什麼要在她喜歡別人的時候毫無保留地幫她追另一個人？

我無法回答，她也無從知道答案，或許老劉自己也無法回答。只是他告訴我，他很喜歡我寫過的一句話：「我是一個對你百般挑剔不必說，對你有好感臨死不必講的人。寧願你消失的時候急得翻遍世界找你，去任何你可能出現的地點，也會在街角看到你身影的時候假裝不經意路過。寧願讓你覺得我不在意你，也要死要面子活受罪怕自己過於愛你。所以未來的日子裡我意識到，這可笑的自我保護意識和自尊心會與我如影隨行。」

除非喜歡到想要跟她一輩子在一起，否則他什麼都不會說。

但他最後還是表白了。

直到七喜要走，**他才終於確定了自己有多喜歡。不是那種在街上看到好看的女生驚鴻一瞥的喜歡，不是那種有時睡前收到她的訊息會突然心動的喜歡，是那種想要跟她一輩子**

在一起的喜歡，喜歡到所有的自我保護意識都不重要了。

⋯八⋯

七喜還是去了佛山。

臨走時她說：「如果你早點說，或許我不會做這樣的決定。」

老劉說：「即使我早點說，或許你也不會考慮我。」七喜沒有回覆他。

如果沒有時差就好了，我喜歡你的時候你恰好喜歡我。有時就算沿著你喜歡的人走過的路再走一遍，她也不會回頭看你一眼。因為你喜歡的是曾經的她，她喜歡的是曾經的另一個人，所以你們之間永遠有時差。

原諒我無法續寫這個故事。因為故事的結局就是這樣。我聽著他對著我家的貓說完了所有的故事。他想，只要她能開心，他願意用盡自己的力氣去做到最好。

我突然想起有一次，我去他家玩。我打開冰箱，原本是想找幾瓶啤酒，冰箱裡卻放滿了甜品。我問：「你一個大男人，冰箱裡為什麼放滿了甜品？」

他說：「萬一有一天她來我家玩呢？」

可是他錯過了時機，喜歡的人已經離開了這座城市。他不知道應該怎麼辦，只能在我家對著貓說話。

我的少女心只留給懂的人

愛情就像是龍捲風　因為龍捲風大家都聽說過

但沒幾個人見過

……一……

有一天，我一直工作到早上。這時手機突然響了起來，蔣瑩分享了一張照片，照片裡是她的電腦，電腦桌面上是她做到一半的ＰＰＴ。

蔣瑩是我的一群朋友裡，少數生理時鐘能跟我保持高度一致的人。這很難，因為……我的生理時鐘早已沒有任何時間感。

譬如：早上六點可能剛忙完，這時候反倒喝起了一杯咖啡；上午九點可能睡醒了，可能還沒睡，也可能已經有各種工作訊息要回；中午十二點，可能吃飯了，也可能沒吃飯，或者乾脆喝一杯紅牛提提神，說不定還要忙一個下午。

當然，也可能一整個白天就睡過去了……。

久而久之，我練就了一項技能，如果遇到需要在各個城市間奔波的情況（譬如辦簽書會），無論是坐高鐵還是飛機，只要能坐下超過半小時，我一定能睡著。

有一次，剛好我們正好要去同一個城市，就都訂了早上六點的早班機票。我掙扎了很久，才決定不穿著睡衣去機場，而蔣瑩卻穿著八吋的高跟鞋，化著精緻的妝出現在機場，她口紅的顏色尤其耀眼，顯得我整個人十分暗淡。

飛機剛飛穩，她就立馬走進了洗手間，把妝給卸了。我表示非常不理解的問：「蔣瑩，你為什麼一大早要化妝？你這樣做意義何在？」

她不屑地看著我說：「我怎麼可能頂著黑眼圈和暗黃的皮膚出門呢？老娘就算半夜出門倒個垃圾，也是要先化個妝的。」

說完，她就換上了自帶的拖鞋，戴上耳機和眼罩，表示自己要睡了。我也睏了，沒多久就也睡著，直到飛機快落地的時候我才醒過來。

我往左邊一看，赫然發現蔣瑩已經換回了高跟鞋，抹好了口紅，化好了妝，頭髮一絲不亂。我想起我每次睡醒之後亂糟糟的頭髮，不由得陷入沉思。這到底是怎麼做到的！

當然我也不是沒有見過蔣瑩素顏的時候。

我們住同個社區。有天深夜，她突然傳訊息給我：「我家停電了，你們家停電沒？」

我回：「沒有啊！」

剛回完就聽到了敲門聲，還沒等我回過神來，她已經拿著電腦衝進了客廳旁的廁所裡。過了一會兒，我聽到廁所裡傳來了一句呼喊：「你家 Wi-Fi 密碼是什麼？」

兩個小時後蔣瑩才走出廁所，披頭散髮，睡眼惺忪，打著哈欠說：「你家無線網路信號也太差了，我查資料就查了半個小時。」

我翻了個白眼說：「誰讓你在廁所查的？你不能到客廳嗎？」

她抱緊自己說：「想不到你是個色狼。」

我頭頂冒出三個問號說：「你說這話時能不能先照個鏡子？？」

蔣瑩大驚：「媽的，剛才出門太急忘了化妝了。」

…二…

蔣瑩最讓我佩服的，是她壓榨時間的能力。

一個恨不得不睡覺的人，居然能擠出時間網購；一個恨不得天天加班的人，居然能每天抽出一個多小時去健身；一個一年到頭永遠在開視訊會議的人，居然能抽出固定的幾天去各個國家旅行。對蔣瑩來說，彷彿一天不是二十四小時，而是四十八小時似的。

每個朋友都很詫異，問她到底哪來的這麼多精力。

她說：「努力工作才有能力好好去玩，世上有趣的事情那麼多，我們要對世界永遠充滿好奇，更何況我的工作本來就很有趣呀。」

說實在的，跟她相處真的覺得壓力很大，因為她總讓我們每個人都覺得自己不夠努力。但大家都愛她。因為她的性格實在是太好了，就跟她的皮膚一樣好。

有一次，朋友來北京玩，問我家裡能不能借宿。那時我得第二天才能回北京，任婧、老唐、王輝也剛好沒一個在家的。我頓時覺得舉目無親，突然想起同一個社區的蔣瑩，於是我只好拜託她幫忙接待我的朋友。

我特地說：「蔣瑩，你只要負責把我朋友接進家門就可以了。」

她說：「放心，交給我吧。」

第二天我到家，朋友把蔣瑩誇了一遍又一遍。

他說，蔣瑩把他接到家之後，特地帶著他出門轉了轉，熟悉周邊環境，又陪他去了商場，買了換洗的床套，還把空房間收拾了一下，簡直無微不至。我朋友感動得快哭了。

我打電話給蔣瑩道謝。

我說：「蔣瑩，你太客氣了，其實你不用……。」

她打斷我：「不用什麼不用，你的朋友就是我的朋友，應該的。」

我過意不去，還在道謝，說改天來我家吃飯，我下廚。

她打斷了我。她說：「對了，我幫你把客廳也收拾了一下，滿地貓毛怎麼見人？」

我說：「我在家的話每天都會整理的。」

她沒理會我：「你說你的讀者要是知道你家這麼亂，他們會嫌棄你吧，我要不要去你的微博評論一下呢！」

我慌忙說：「不不不，一切都是意外，都是幻覺，你昨天看到的都不是真的……。」

她哈哈大笑說：「不說了，我還有事要忙，先掛了。」

後來我才知道，那天她接待我朋友之後，轉頭又回家加班了。而我打電話給她的時候，她在趕去開會的路上。

…三…

這麼好的一個人，偏偏感情問題卻一直沒解決。

一方面因為她真的很忙，另一方面因為她在各個面向拒絕了所有人的靠近。她自己也說：「太麻煩了，談戀愛太麻煩了。要彼此試探，要慢慢靠近，要放低自我，我又是自尊心極其強的人，深夜裡的一句『你在幹嘛』就是我說過的最具暗示性的表白了。」

因為工作，她平時也能接觸到很多人，我聽說她是這麼拒絕別人的搭訕。

會議結束，有人過來搭訕，對著蔣瑩說：「你很好看。」

她說：「謝謝。」

他接著說：「能換個微信嗎？」

蔣瑩裝作沒聽清楚：「啊？」
男生又說了一次：「能留微信嗎？」
她依舊裝作沒聽清楚：「啊？」
男生張大嘴，一字一頓地說：「能互留微信嗎？」
她冷漠地說：「這樣啊。不能。」惜字如金。
其實那位男士並不是意義上的陌生人。一起開過幾次會，是合作夥伴，也算是見過好幾次面了，可她依然冷漠地拒絕了。
所以很多跟她不熟的人，對她單身的解釋都是兩個字：「高冷」。只有我們這幾個跟她相處還算久的朋友，才了解她完全不是這樣的人設。
你能想像到這樣一個女孩，有一天在家突然背起了《一人我飲酒醉》的歌詞嗎？如果你不知道這首歌是什麼，那這樣說好了，蔣瑩就是這樣一個女孩子，如果唱歌場合裡，有超過三個她不熟悉的人，她會堅決拒絕唱歌。實在拒絕不了了，就唱一首孫燕姿的情歌，飽含深情，技驚四座。
但如果唱歌的時候只有我們好朋友在，她的歌單是《最炫民族風》、《嘻唰唰》、《小蘋果》（基本上都是流行的洗腦神曲），這都不算什麼，有一次她甚至點了一首《江南style》，居然從頭到尾一字不差地唱完了。
這是一首韓文歌，她又對韓語一竅不通，要唱成這樣，得是一個人默默聽了多少遍？

最關鍵的是，她總是唱著唱著毫無預兆地開始尬舞，帶動了現場的氣氛。她說：「好朋友好不容易聚在一起，當然要開心啦，那我就以身作則吧。」

我有時在想，高冷的蔣瑩和幼稚的蔣瑩到底哪一個是真的。

直到有一天她給了我一個解答，兩個都是真的。「如果你能看到我幼稚的一面，說明我把你當真朋友啊。」我瞬間被說服了，覺得她說得很有道理！

接著她說：「這就像我看到你家客廳很亂一樣啊，你說要是你的讀者知道的話……。」

我大驚：「這不是事實！」

又想起了什麼，正經說：「不許給我去微博評論喔！」

…四…

對戀愛，蔣瑩有一個理論。

她說：「你聽周杰倫的歌吧？」我點點頭。

她說：「你聽過《龍捲風》吧？」我點點頭。

她說：「你知道為什麼周杰倫把愛情形容成龍捲風嗎？」

我思考片刻問：「為什麼？」

她說：「因為龍捲風大家都聽說過，但沒幾個人見過。」

我忍不住問：「蔣瑩，你這個理論，是什麼時候研究出來的？」

蔣瑩沒有回答。

後來有一次，我們陪她看完午夜場電影，剛想和她討論電影劇情，卻發現她在哭。我愣在原地，根本沒想到她看完這部愛情電影竟然會哭。

要知道這是每次看愛情電影從來沒有理解到重點的蔣瑩啊！

記得有一次任婧看完《那些年，我們一起追的女孩》時滿臉是淚，蔣瑩一臉莫名其妙的表情問：「這有什麼好哭的？」

任婧說：「你不覺得男女主角很可惜嗎？」

蔣瑩說：「有什麼好可惜的，這不都是他們自己選擇的嗎？」

我們無言以對。

我甚至從來沒有見她哭過。

哪怕被房東趕出家門，她也沒有哭過。哪怕是生著病趕出來的計畫書被批得一文不值，她也沒流過一滴眼淚。

我試探性地問：「怎麼了？」

她說：「你知道我為什麼這麼愛工作嗎？因為工作不會背叛我。」

說著說著，蔣瑩的眼淚唰唰唰地往下掉，我不知所措，只好手忙腳亂地滿世界找衛生紙，可手裡能稱得上紙的只有電影票。

我想了想，默默地把電影票遞了過去，尷尬說：「我沒帶衛生紙，你將就一下……？」

蔣瑩破涕為笑說：「這種時候你不知道把肩膀靠過來嗎？」

我恍然大悟，認真點頭表示又學到了一個技能。蔣瑩卻自己用袖子擦乾眼淚。

她第一次說起自己的故事。說其實自己見過那麼一次龍捲風。

…五…

蔣瑩的人生設定，原本是白富美，白是天生的，重點在富，所以就美。小時候別人沒有的，她全都有。別人家還只能看黑白電視的時候，她家已經有彩色電視。別人還不知道電腦是什麼的時候，她已經開始使用電腦，雖然只是Windows98的系統。

可突如其來的一場變故，讓她永遠失去了自己的父親。

母親又接連做了幾次糟糕的商業決策，她的家境自此一落千丈。即便是還幼小的她，也能感受到大人世界的天翻地覆。很快地，她的生活只有永無止境的搬家。很多時候，她還沒來得及熟悉一個地方，就得搬去下一個地方。

從一個高級社區搬到一個普通的社區，又搬到一棟破舊的公寓。到後來，她只能寄人籬下，住在姑媽的家裡。感謝老天給了她一個好姑媽和一個好腦子。

姑媽對她不錯，而相對較好的成績，也的的確確讓她擺脫了一些煩惱。過年的時候，她多多少少還能因為成績這件事情稍稍抬起頭來。

大學，她選了金融科系，畢業後去上海，就這麼遇到自己的初戀。初戀比她大幾歲，用她的話來說，她壓根接受不了比自己小的男生，聊不了幾句話就能感覺到對方的幼稚。

她原本以為，找到了一個可靠的人，找到了一個細心體貼懂得照顧她的人。戀愛談了幾年，兩人開始談論婚嫁。

有一天，有個陌生女生加她微信，備註寫著她男友的名字，她就加好友了。女孩第一句話就是：「我跟文科在一起半年多了。」

她大腦瞬間空白，頭皮發麻，只覺得心跳加速到每秒一百八十下，完全無法呼吸。

她無法相信。

她跟他在一起時，從睜眼到閉眼，天天傳訊息；從起床到睡著，一天打好幾通電話。最重要的是，他父母已經完全認同她了，也在計畫著結婚的事情，就等兩人答應了。

這樣的一個人，怎麼可能出軌？

不可能的，不可能的，她對自己說。可緊接著那個女生就向她描述了很多細節，通通是外人沒法得知的細節。

蔣瑩顫抖著說：「不可能，我跟他在一起三年了。」

那女生趾高氣揚說：「我也跟他在一起半年多了，不信你去他公司問他同事。」

蔣瑩說：「我們準備結婚了。」

她說：「喲，只是準備結婚又不是結婚了。若按照古時候的規矩，我是不是要叫你一聲姐姐？」

蔣瑩沒有馬上傳訊息給文科，一個人住到旅館，一直忍著。她不敢確認，害怕打電話過去質問，卻發現這一切都是事實。

一個人到底有多愛另一個人，才願意爲了他自欺欺人呢？

第三天，文科終於傳訊息問她去哪裡。她說：「我都消失快三天了，你才找我？」

他沒正面回答，只說：「我想了想，還是不想結婚，如果你接受不了，我們分手吧。」

她只是說了聲：「好。」

之後一個星期，蔣瑩沒怎麼吃飯，硬生生瘦了好幾公斤。她也睡不著覺，每天強迫去睡兩個小時也都是迷迷糊糊的，一滴眼淚都沒有流出來。

後來，到底還是哭了一次。

她說自己不是因為想到這段戀愛而哭，只是突然想到自己的父親如果還在，一定不會讓她受一點委屈。哭過之後，她發誓再也不哭了。

直到那天晚上，我們看了這部電影。原來當天白天她聽到他結婚的消息。

我聽完故事問說：「他不值得你難過。」

她沉默了一會兒說：「我是替當年那個小女孩難過。」

因為那個一直要強的小女孩，終於卸下了防備，脫掉身上的刺，滿心歡喜，卻等不到想要的結果。

這時蔣瑩頓了頓，深吸一口氣說：「從此我想通了一件事。」

我問：「什麼事？」

她說：「我以前一直覺得我是不能原諒他，後來才明白我是不能原諒自己。你看我聰明，長得又好看，要情商有情商，要智商有智商，我不能原諒自己居然也曾經那麼傻過一次。我想通的是我永遠不能讓自己陷入糟糕的境地，永遠不能狼狽，所以每件事情都要做到最好。」

我突然明白了，早班飛機她為什麼要化妝。不是給別人看的，是給自己看的。她不允許自己糟糕，即便別人其實察覺不到有什麼區別。

她平復了心情，然後說：「老娘哭的事情，你要是讓別人知道你就完蛋！」

……六……

有的人是這樣的，不用做什麼驚天動地的事，不用說什麼淒淒慘慘的話，你就忍不住心疼。你也知道她是真的很堅強，並不是在逞強。可看到她弱小的肩膀，你還是想要過去扶她一把，至少告訴她：「沒事，你的好朋友還在。」

回到家，想到她的事情，我怎麼也睡不著，傳訊息給他，這麼寫的：

「你這個人，從一開始就太理性。你把自己層層包裹起來拒人於千里之外，哪怕付出也是適可而止。為了避免所有的結束，你避免了所有的開始。但是我還是**希望有個人**，**有那麼一個人可以看穿你怕受傷的心**，**堅定地站在你身邊**。你知道，聽歌時發現沒誰可想，空空的，也不是件好事。」

她回了我三個字，言簡意賅：「希望吧。」

我說：「會有的。」

她說：「希望啦，那個人一定要我覺得聰明，然後我們還要有錢吧。我還希望呢，我們可以保持獨立，最後呢，希望他有點少年感。」

我覺得自己聽錯了，重複了一遍：「少年感？」

她一本正經地說：「因為要配我的少女心啊。」

我大驚，說：「少女心？蔣瑩，你確定你說的是少——女——心？」

她說：「怎麼了？老娘不能有點少女心嗎？我只不過是很難去相信一段愛情而已，我跟你說，萬一我真的再鼓起勇氣去相信時，我一定要跟我那時候的男朋友做一件事情。」

我露出了曖昧的笑容，說：「哦？莫非是嘿嘿嘿的事情？」

她說：「跟朋友們一起玩捉迷藏，找到了可以親一下的那種，到時候我一定會故意被找到！你想啊，當你躲在門後等待著一個人找到你，當你真的被你期待的人找到了，該是多麼開心的事情啊。」

我瞬間明白了。蔣瑩就是一個在玩捉迷藏的人。

很多人都是躲起來的人。他們身上的每一寸堅硬都是曾經留下的疤，但也不想再碰，所以再也不把這傷疤暴露在任何人面前。他們越是這樣，越是讓人難以靠近；可他們越是這樣，真正瞭解他們的人就越難受。

有時候你希望他們能遇到這樣的一個人，一個可以看穿他們所有偽裝和逞強依然堅定地站在他們身邊的人。那些固執的瀟灑，不過是最後的體面。就好像他以為你很酷，其實你只是不想在他面前哭。

我多麼希望蔣瑩可以遇到這樣一個人。她可以**不用假裝不用逞強**，**就算對著所有人都要一副大人模樣**，**但在他身邊她可以完全像個孩子**，天真爛漫，肆無忌憚。只是讓她敞開心扉，需要很多的時間。

我想，她值得。

因為她明明知道很多道理，看過很多事情，卻依然對這個世界保持好奇。

因為她明明見過很多世面也看過世界的遼闊，卻會對朋友送的小禮物發自內心地欣喜。

因為她對待朋友是那麼真誠，只要她認定你是她的朋友，她就會堅定地站在你身邊幫助你。

好了，寫完這篇故事是在凌晨，我在上海，她正在去肯亞看動物大遷徙的途中。我到底還是把她哭的事情寫了下來，如果書出版之後有段時間我沒有發微博，我想一定是被她打死或是打傷了，哈哈！

或者我的微博評論裡多了一則留言，說我不怎麼愛收拾家裡。請記得，那則評論一定是造假的喔。

我想努力變得優秀
帶她去天涯海角

戀愛的人有種超能力　人山人海裡別人都是黑白的
只有她是彩色的

……

老唐和任婧是我見過的智商最低的情侶。

那時我家有套家庭劇院，有天我們幾個窩在沙發上一起看電影。電影是關於三國的故事，任婧突然冒出一句：「厲害的人，果然都會聚集一起出現的呢。」

我回說：「那當然，你看曹操啊，袁紹啊，袁術啊，他們都是從小一起長大的。」

任婧恍然大悟般點頭說：「對啊，你看項羽和劉備也是。」

我還能說什麼，只好告訴她劉備身旁的人應該是關羽。

又有一天，我們還是看電影，任婧突然問：「陳可辛是誰？」

我剛想說，老唐一本正經來一句：「陳可辛是誰你不知道？香港黑幫電影教父啊！」

他說話時語氣裡是掩飾不住的自豪，任婧認真點頭，眼神裡寫著崇拜。

我還能說什麼，只能告訴他黑幫電影教父應該是杜琪峰。

又有那麼一天，阿輝放了一首光良的《第一次》。

任婧說：「光良之前是不是有個什麼組合？」

我說：「對啊，叫無印良品。」

她認真思考了一會兒，說：「那無印良品肯定是他們開的咯？」

我還能說什麼，只能告訴她那只是同名。

有時他們也會秀恩愛。

有一天老唐說，每次都可以在人群中一眼看到任婧。

我放下筷子問：「為什麼？」

老唐說：「**戀愛的人有種超能力，人山人海裡別人都是黑白的，只有她是彩色的。**」

我內心毫無波動，咽下一塊雞肉說：「單身的人也有一種超能力。」

他好奇地問：「是什麼？」

我說：「秀恩愛的話我通通都聽不到，所以你剛才說什麼？」

他們自討沒趣，我哈哈大笑說：「在我面前秀恩愛，也不看看我是誰。」

說完突然覺得哪裡不對，對著雞肉陷入了沉思。

⋯二⋯

我跟老唐很久以前就認識，出國前他知道我要去墨爾本，特地找我瞭解出國流程。可惜等他來墨爾本時，我已經去了坎培拉。等到假期回墨爾本玩，我專程去他學校找他。

那時我還帶著沒做完的作業，正好需要電腦，他就帶著我去電腦教室。剛打開門他突然一個急煞，並往後退了一步，立刻跟我說換一間電腦教室。

我疑惑地問：「怎麼了？」

他悄悄指了指坐在最後面的一位女生，小聲說：「我喜歡的女孩在那裡。」

我用正常的聲音說：「這樣啊，是她啊。」

他馬上捂住我的嘴，把我拉出電腦教室。

我說：「喜歡就去告訴她啊！」

他認真地說：「現在還不到時候。」

我問：「那要等到什麼時候？」

他說：「等我再優秀點。」

我沒想到現實生活中還能有人回答得這麼文藝，瞬間沉默。

他接著說：「我們現在在異國他鄉，畢業後可能會各奔東西。我想努力變得優秀到不管去哪裡，都可以帶她去的程度。」

天知道他說這句話的時候，我居然能從他的眼神裡看到光。

二〇一五年我來到北京，老唐已經在北京生活了一段時間。他找到我，一臉神秘地說：「一會兒介紹一個人給你認識。」

很快地，女孩抵達了，她說：「你就是老盧吧？我常聽老唐提起你。」

我禮貌地跟她握手，趁她不注意用眉毛給老唐訊號，無聲地問：「她誰啊？」

老唐用唇語說了三個字：「墨——爾——本。」

我瞬間反應過來，這就是三年前他喜歡的電腦教室的女孩。

這世界匆匆忙忙，沒有誰一定能等到誰，他卻等到了任婧。後來我想換房子，正好他們也想換房子。我們就合租了間稍大點的房子，一起住了。

…三…

有一天，他們吵架，據說是因為逛街時，老唐盯著女生看，我立刻衝到客廳勸架。

老唐說：「那你把手機裡的彭于晏刪掉！」

任婧說：「彭于晏跟剛才路過的女生能一樣嗎？」

老唐大喊：「怎麼不一樣了？」

任婧怒吼：「彭于晏是我老公！那女生是你老婆嗎？」

我勸：「一個是偶像，一個是路人，你們爭什麼呢？」

老唐和任婧同時對我喊：「情侶之間的事你是不會理解的！」

我腦袋冒出一個問號，好端端勸架，怎麼就突然被歧視了？

於是瞬間加入吵架的行列，我對任婧說：「彭于晏怎麼就是你老公了？你把我們老唐當什麼了？」

又對老唐說：「女朋友就在身邊，怎麼還看別的女生呢？你把我們任婧當成什麼？」

誰能想到兩人瞬間站到同一戰線，異口同聲：「我們把彼此當愛人啊。」

我遭受雙重打擊，招架不住，帶著內傷轉過身奪門而出了。這裡沒有我的容身之地！我再也不勸架了！

遭遇內傷的時刻，還有跟他們一起逛街的時候。

你知道那種跟情侶一起逛街，他們手牽手走在你面前還蹦蹦跳跳的感覺嗎？這感覺就像是其他人的手機信號都滿格，只有你的手機沒信號。

那一天我們一起走在街上，老唐牽著任婧的手，走著走著，任婧說：「好冷啊。」說完她就把手塞進了老唐的口袋裡。又過了一會兒，任婧說：「這麼走好累啊。」說完她「噔噔噔」又跑到老唐的另一邊，握住老唐的左手塞進口袋裡。

我聽任婧笑著說過一個故事。

有一天，兩個人正準備趕地鐵回家，走在路上卻突然下起大雨。他們都沒有帶傘，路邊躲雨的屋簷又抵擋不住這大雨，兩個人想了一下，最好的辦法還是衝到地鐵站。地鐵站離他們還有一條街，老唐二話不說就抱著任婧跑了一條街。

聽到這裡我表示質疑，因為老唐太瘦弱了，讓他一個人跑完一條街可能都是個問題。任婧卻一臉幸福地說：「那一定是因為我吧，他才有那麼大的力氣。」

後來老唐不知怎的聽到了這個故事。本以為他會說「你就是我的力量」之類的文藝腔的話，卻沒想到他對任婧說：「因為你腿短啊。」

任婧拍案而起說：「腿短怎麼了？腿短多可愛啊！你看柯基犬多可愛！」

任婧最愛的動物就是柯基犬，每次在路上看到柯基犬就走不動，手機裡的保護程式也是柯基犬，只是苦於沒有時間照看狗，所以一直沒有養寵物。

那時我看著他們甜蜜拌嘴的模樣，又想起最開始老唐跟我說他喜歡上她的樣子。我想他們一定會幸福下去，卻沒想到他們差點分手。分手的原因是任婧想要結婚，老唐卻不想那麼早結婚。

任婧本來很生氣，最後還是冷靜下來，心平氣和地跟老唐討論這個話題。任婧表示兩人戀愛這麼久了也該結婚了，老唐覺得結婚不過一個儀式，擺幾桌酒席，請一堆不熟的親戚，沒有什麼意義。

說著說著，任婧突然站起身來，摔門走了。老唐追了出去，卻沒有找到她。後來我們才知道，任婧假裝坐電梯下了樓，其實藏在秘密通道的樓梯裡，默默地哭。晚上任婧回來，老唐因為太著急口不擇言，開口竟是責備的語氣：「怎麼現在才回來？」

任婧說：「我想出去走一走。」

老唐問：「要去哪裡？」

任婧說：「正好家裡有點事，想回家待幾天。」

老唐點頭，說：「好。」然後又說：「我等你回來。」

⋯五⋯

回家那幾天，她也還在群組裡跟我們保持聯繫，示意我們別擔心。又過了幾天，老唐抽了根煙，跟我說了一些話。

他說：「我想通了，我害怕結婚，其實更怕的是那些壓力。婚姻是兩個家庭的結合，我怕做得不好讓她委屈。現在我明白了，**當你喜歡一個人，你會希望你們的餘生越快開始越好**。因為害怕未來給不了她想要的，就拒絕現在給她想要的東西，我真的太傻了。」

我拍拍他的肩膀，認真地說：「你智商一向很低，難道你不知道嗎？」

他說：「你幫我籌備一下，但你別告訴任婧。」我點頭說好。

晚上任婧又跟我聊起來。她說：「我想通了，老盧，我不應該給他那麼多壓力。我想結婚是想要一個儀式，不是說要讓全世界知道我們結婚了，我就是想有那麼一個日子，在那一天我是最漂亮的新娘。我現在明白了，**跟他在一起就好了，每一天我都是漂亮的**。」

我不動聲色地問：「那你什麼時候回來？」

她說：「下週一我就回去了。」

這兩個人，就算吵著架，也還在為對方考慮。

回來後兩人很快和好，又恩愛如初，默契地不再提結婚的事。一切計畫都秘密進行，可憐我和王輝，還要幫老唐掩護。

二〇一六年六月，任婧生日。老唐約任婧吃飯，吃到一半接了通電話說了句「有急事」，就匆忙離開了餐廳，把任婧一個人留在餐廳裡哭笑不得，不知所措。我和王輝算好時間從她身後出現，她又驚又喜，問我們：「你們怎麼也在這裡？」

我笑著說：「給你一個生日驚喜。」

她嘟著嘴說：「老唐也不知道去哪裡了。」

我和王輝對視一眼，同時對任婧做出個「請」的手勢，示意她到外頭看一看。

她疑惑地看著我們，半信半疑地往外走。走到一半突然出現了十二隻柯基犬，是的，十二隻，我身邊所有養柯基犬的朋友都被老唐騷擾了一遍。

任婧看到十二隻柯基犬，瞬間眼淚兩行。

不僅是因為十二隻柯基犬站成一排這場面太有衝擊力，還因為每隻柯基犬身上都綁著氣球。氣球上寫著：「我愛你，你可以嫁給我嗎？」

雖然任婧一直天然呆，但她也瞬間懂了老唐的心意。這時不遠處傳來了老唐的歌聲：「需要你，我是一隻魚，水裡的空氣，是你小心眼和壞脾氣……。」

我突然想到，劇本不是這麼寫的啊，我推薦的歌明明是《私奔到月球》。你看《私奔到月球》的歌詞：「其實你是個心狠又手辣的小偷，我的心我的呼吸和名字都偷走。」是不是比「小心眼和壞脾氣」好上那麼一點？

誰求婚的時候還說「小心眼」這種詞啊！想到這裡我不禁為老唐捏一把汗，還好我們聽到了後面一句：「沒有你，像離開水的魚，快要活不下去，嫁給我吧！」不過任婧應該不會像我這樣想，因為她早就循著歌聲的方向跑了過去。老唐的聲音緊張到發抖，這首歌從一開始就唱得不成調，最後的「嫁給我吧」硬生生變成了嘶吼。

任婧也早就哭成淚人，跑到老唐面前還沒順過氣，想說一句「好的」卻只能發出哭聲。老唐也哭著說：「你一直覺得自己不漂亮，但其實我一直想告訴你，你在我心目中就是最美的，美到我想讓全世界都知道你就是我的老婆。雖然我有時候很傻，腦筋也不會轉彎，可你的愛好、你的情緒，我都能懂，我都記在心裡，永遠都不會忘。」

說完，畫面定格了一秒，我們馬上在背後說：「任婧，答應人家就點頭啊！」

任婧才反應過來，用力又認真地拚命點頭。我和王輝興奮地叫出聲來，一人解下兩隻柯基犬拴在柱子上的繩索，想帶著柯基犬跑到他們身旁。

哪知道我解開的這兩隻柯基瞬間放飛自我，我被牠們帶著往反方向跑過去……。我大喊：「不對不對，掉頭，掉頭！老唐！你等我回來再給任婧戴戒指啊！」

同時心想，為什麼柯基犬腿這麼短，跑起來能這麼瘋？很久以後，我才知道原來柯基犬最初是牧牛犬。

原來是這樣的嗎！就在我跟柯基犬鬥爭的時候，老唐顫抖著給任婧戴好了戒指，王輝在一旁歡呼鼓掌。這群王八蛋！

…六…

其實老唐和任婧一點也不笨。

只是兩個人在一起久了，早就看到彼此的缺點，也學會了包容，所以才那麼肆無忌憚，有時說話也短路。就好像我們在喜歡的人面前，也總會犯些傻，回頭想想明明那些知識自己都知道，偏偏一時忘詞。

那些幼稚，是只有你愛的人才能看到的孩子氣。

在一起，意味著我從今以後的人生，願意分你一半。這句話，不只是陪伴，還包含著信任。

這些年隨著成長，經歷了太多複雜，很難再簡單地去相信。

我們看到太多分開和悄無聲息的道別，也見過一些黑暗和歇斯底里的背叛。人和人之間的感情到底有多脆弱呢？一句話沒有講清楚，過幾天或許就是陌生人了。

可生活裡總有一些人，用自己的堅持，告訴我們這世上還有一成不變的美好。

所以每次看到好朋友最幸福的瞬間，我都會忍不住想流淚。太難得了，**每個幸福的背後，都藏著只有他們知道的，世界那麼大也要相見的不容易**。我們兜兜轉轉，有些人還在等待，有些人遇到了彼此。遇到一個對的人，是天時地利人和的好運氣，我不知道自己有沒有這樣的好運氣。但我很開心，我身邊的人，能擁有這樣的好運氣。

希望你也還能**遇到讓你堅定的人和事，眞心都不被辜負，信任的人都值得**。

反正還是要離婚的

等一個人回頭　等一個人出現　等自己釋懷
等春暖花開　等燈火通明　如果能等到自己想要的
就沒有浪費時間

⋯⋯一⋯⋯

二〇一七年的春天。公園裡的花爭先恐後地盛開著，風擁抱著每個行人。世界溫度正好，我們對視一眼，彷彿彼此都活在暖色調的畫作裡。只是我們無暇欣賞什麼風景，因為我們正在激烈地戰鬥。

「猥瑣發育，別浪！（意思是——退回來，不要再攻擊）」話音剛落，我方英雄被敵方殺死。

「穩住，我們能贏！」話音剛落，我方防禦塔被敵方摧毀。

我的遊戲數據是12殺3死，可我方陣營居然節節敗退。

我遇到的都是一群什麼豬隊友？敵方最後一次攻擊。我頑強抵抗，擊殺對方三人，奈何隊友先我而去，我還是沒能守住水晶。

就在基地被剷平之前。

對方發了一句嘲諷：「你們怎麼只有四個人？讓露娜出來啊。」

我回：「出來你大爺，我們讓讓你而已。」

遊戲結束，一場慘敗。

蔣瑩攤手說：「真不能怪我，你看我打了多少輸出。」

老唐說：「也不能怪我，你看我扛了多少傷害。」

任婧舉手投降說：「你們的意思是怪我這個刺客咯？」

我們三個異口同聲：「廢話！」

任婧委屈地說：「我們家有個英雄在泉水裡一動不動，四打五怎麼贏？」

老唐說：「是啊，阿輝，你老在泉水裡不動，這場怪你。」

我收起放在一旁的手機，輕聲說：「等下次有空，我們再來一場。」

沒有回答。

我收起的手機不是我的，是王輝的。

這一天是二〇一七年四月四日。清明。

王輝比我年長幾歲。二〇一四年，王輝準備結婚。

他來北京三年，白天拚命工作，累瘦兩圈，終於賺了一點錢，租了房，有了第一筆存款。他拚命工作的原因很簡單，他想多賺一點錢，然後把女朋友接過來一起生活。

他也確實努力做到了，把女朋友接了過來。

有天王輝失眠，正盤算著如何增加下個月業績。身旁女友的手機亮了起來，他本來沒有在意。只是訊息來得實在太頻繁，黑暗裡晃得眼睛不舒服。於是他走了過去，準備悄悄地把手機翻面，卻意外看到了那一連串的訊息。

一個陌生的號碼，好幾則讓他心碎的訊息。他不動聲色，為她找理由。

心想這麼多年自己沒有陪著她，她心裡難免有短暫的空缺。沒關係，剩下的日子，他好好陪她，好好愛她，把那空缺填滿。

第二天，他單膝跪地，求婚。女孩遲疑了一下，點頭說好。

但婚禮那天，有個女孩喝得酩酊大醉。送她回家的路上，我聽到她喃喃自語：「你要幸福。」車窗映出她的臉，我心想，火車停靠月臺，一個旅人下車了，這不是你的終點站，你要繼續往前走的。

女孩的名字叫小月。第二天，她收拾行李離開了北京。

…二…

二〇一六年，王輝離婚，堅稱是自己出軌，默默付完一年的房租，存款都留給了她，淨身出戶。身邊所有人都罵他，說他是渾蛋不是人。

晚上他沒地方去，打電話給我。

他問：「老盧，你能收留我多久？」

我說：「你想住就一直住著。」

他說：「你果然是我的好兄弟。」

我噁心地起了一身雞皮疙瘩說：「打住，我會算房租的，等你賺大錢連本帶利要回來。」

電話另一頭傳來嫌棄的聲音：「嘖嘖嘖，我就知道。」

就這樣，他躲到我家，白天不見人，晚上悶頭打電動。

我想起以前有一次凌晨還沒睡，他傳訊息給我聊天，我問：「這麼辛苦值得嗎？」

他說：「為了她都值得。」

我家還住著我們兩個共同的好朋友，是一對情侶：老唐和任婧。有時他們秀恩愛，我能怎麼辦，只能假裝什麼都沒看到。

王輝悻悻地路過，留下一句：「反正還是要離婚的。」

有次我們一起看電影，是個悲傷的愛情故事，電影中男女主角最後還是分開了。任婧哭得梨花帶雨，王輝默默地吐出一句：「你看，反正到最後還是要離婚的。」

從此「反正到最後還是要離婚的」變成了他的口頭禪。

…四…

在他來我家的第二天，我接到一通電話，是小月打來的。

她說：「出來吃飯。」

我問：「你回北京了？」

她說：「嗯。」

到了吃飯的地方，我遲疑地說：「王輝離婚了，現在躲在我家。」

小月看著我，一臉鎮定地說：「我知道。」

我詫異，想問她怎麼知道的，還沒來得及開口，她就說：「王輝不會出軌的。」

我「啊」了一聲，敏感地抓住重點說：「你知道他離婚了？」

她眼神閃爍，沒有正面回答，只是問我：「我能去你家看看他嗎？」

小月到我家，敲王輝的門，他正戴著耳機忘我地打電動。小月沒叫他，無聲退了出來。

回到客廳，她又說了一句：「王輝不可能出軌的。」

我說：「我知道。」

我見過王輝拚命工作的樣子，我知道王輝給當時女友打電話時的神情，我記得他有了第一筆存款時的欣喜，那時他說：「我總算可以昂首挺胸地把她接過來了。」

如果真的有出軌的對象，為什麼我們從來沒有見過她，為什麼她一次都沒有出現？他不說，我們也一直沒問。小月問了，他不願意回答。

於是，我們都有默契地再也沒提起這件事。

…五…

二〇一六年三月二十八日，王輝一反常態很早起床，走到陽臺一個人默默地抽煙。煙一根接一根地抽著，我有點看不下去，到陽臺拍拍他的肩膀說：「忘了吧。」他吐出一口煙，沉默半晌，說：「忘不了。」

那一天，本該是他們結婚兩周年紀念日。

那天晚上，我們幾個加上小月一起喝酒，王輝很快就醉倒在地毯上。我抬不動癱在地毯上的他，只好弄來一床被子給他蓋上。

小月說：「你去睡吧，我看著他就可以了。」

我搖頭說：「小月，沒事的，你讓他自己躺會兒，你快休息吧。」

她微笑著說：「沒事，我不累。」

睏意混在酒意裡一陣陣往上湧，我沒再堅持。
睡沒多久，我口乾舌燥醒了過來，想著去客廳倒杯水，看到小月頭靠在沙發上，牽著王輝的手，睡著了。我會心一笑，躡手躡腳地想把被子給小月蓋上，卻不小心吵醒了她。
她揉揉眼睛問我：「幾點了？」
我輕聲說：「還早。」
她笑著說：「我剛才做了一個夢。」
我說：「做春夢呢？這麼開心。」
她一臉神秘地說：「不是喲。」
接著她笑說：「我夢到我們五個一起玩王者榮耀，我超神了，帶領你們走向勝利。」
我笑出聲來，接著說：「這夢有什麼開心的？」
她伸伸懶腰說：「夢裡面我是靠在王輝身上的，哈哈。」
我笑著問：「然後呢？」
她看著天花板，有點悵然若失的說：「然後我就醒了。」
我說：「這就沒了？」
她說：「我夢到過很多次跟他在一起的情形，這次是最真實的。」
我笑著說：「天還黑著，繼續睡吧。」
說完腦海裡突然浮現出一個畫面：王輝翻山越嶺，漂洋過海，走過河流踏過橋樑，沿途鮮花盛開，他滿心歡喜。因為他要去一個地方，那個地方有一個人在等著他。因為有個人在等，所以他從不覺得累。

只是到了路的盡頭，他發現還要踏過一片沙漠。他依然義無反顧地向前飛奔，等走近了一些，才發現那是海市蜃樓。回頭一看，來時路被沙子掩埋了，他在風裡失去了方向。

可他不知道的是，有另一個人，沿著他的足跡拚命地走，走到雙腳麻木，走到大汗淋漓，不是為了去尋找一片綠洲，只是為了找到他，遞給他一瓶水。

…六…

三個月後，老唐向任婧求婚。

他們結婚，卻忙壞了我們，陪著他們挑一個又一個的戒指，逛一家又一家的婚紗店。終於，任婧挑到了一件滿意的婚紗，老唐看得兩眼發直，小月也看呆了。

任婧害羞地笑著，突然又想到了什麼，對小月說：「你也來試試婚紗啊。」

小月推辭說：「我又不結婚。」

任婧說：「哎喲，難道你這輩子都不結婚，跟王輝一樣？」

王輝接過話：「反正到最後都是要離婚的，我才不結婚，結個屁。」

任婧白了王輝一眼，拽過小月，小月半推半就，還是試了一件婚紗。她從試衣間出來的時候，我跟王輝同時放下了正打著遊戲的手機，盯著小月挪不開眼。
小月被我們盯得蒙了問：「是不是不好看？我早說了我不適合婚紗。」
我連忙說：「不是不是。」
又捅捅王輝，王輝反應過來，說：「美，好看！」
每個女孩這輩子最美的時刻，大概就是穿著婚紗的時候。
任婧向我使著眼色，我回過神來，拉著王輝說：「你也來試試禮服嘛。」
王輝大驚失色說：「我試什麼，我不要。」
我說：「不行，你得試試。」
王輝問：「為什麼？」
我說：「你想想，這可能是你這輩子最後一次有機會穿禮服啊，反正你也說自己不準備結婚了。」
王輝被我繞了進去，仔細分析，若有所思地點點頭。沒等到他想通，我就把他推進了試衣間。沒多久，他穿著禮服走了出來，邊走邊撓撓頭說：「這玩意兒還是不適合我，反正到最後都是要離婚的，幹嘛還穿它……。」
他話沒說完，正對上小月的眼神。
我馬上說了一句：「郎才女貌，拍張照吧。」
他支支吾吾說：「拍什麼拍……。」

還沒等他說完，小月就被任婧推到了他身旁。

任婧說：「就拍一張咯，又不給別人看。」

小月羞得滿臉通紅。

見王輝作勢要走，我立刻拿起手機，抓拍了一張照片，卻意外地抓到了最好的瞬間。鏡頭裡王輝站得筆直，身旁的小月甜蜜地笑著。

…七…

從那以後，小月和王輝的距離好像近了一些。

我家有個投影機，每逢週末我們都聚在一起看電影，任婧和老唐依偎在一起，我居中，王輝坐在沙發最左邊，小月怯生生地搬著凳子坐在最右邊的位置。

本來我們一直保持著這樣的座位順序。

後來小月慢慢地坐在了王輝的身邊，兩個人卻還是保持著不遠不近的距離。

我想，這樣也好，多少比以前近一些，希望時間真的是個好導師，能給他們最好的安排。

十一月，我們正看著電影，王輝突然接到電話。他沉默很久。我正想著電話那頭是誰，可以讓他沉默這麼久，他開口了，只是說：「結婚了啊，祝你幸福。」

等他掛了電話，我們早已明白了個大概，面面相覷，不知道該怎麼開口說第一句話。

他露出一個沒事的笑容，輕鬆地說：「她再婚了。」我們依然保持沉默。

王輝問：「家裡還有酒嗎？」那天，王輝再次為同一個人喝醉。

我安頓好醉倒的王輝，又看了看小月。

小月說：「我有點不舒服，先走了。」

我不知道該不該留下她，最後只好說：「注意安全。」

次日清晨，王輝醒過來，問我：「昨天我怎麼又喝大了？」

我怒斥：「你還有臉問我？你怎麼還為那個人喝醉？」

他說：「你理解錯了，我是開心。因為我突然發現我可以平靜地祝她幸福了。」

我說：「你平靜怎麼表現得跟撕心裂肺一樣？」

王輝急了說：「你們這是先入為主，昨天我哭了嗎？昨天我鬧了嗎？昨天我沒給你們唱歌嗎？王八蛋，真的以為老子不記得嗎？你不還鼓掌說好聽嗎？」

我哭笑不得，只能投降。接著說：「小月走了。」

他問：「什麼時候？」

我歎口氣說：「你打個電話給她，說清楚情況吧。」

他跟著歎口氣說：「**心裡一個人走了，另一個人沒那麼容易再住進來**，再等等吧。」

第二天王輝收拾行李。

我問：「要去哪裡？」

他說：「借宿你家這麼久，謝謝你。」
我說：「謝你的頭啦，這麼多年的朋友，說什麼謝謝。」
他說：「我出門走走，等我回來，我就搬家。」
我又問：「要走多久？」
他說：「想回來的時候，我就回來。」
我說：「要回來就別收拾，鑰匙你也拿著，我家反正沒別人，這房間我留給你。」
我問：「那小月呢？」
他說：「我現在有點亂，等我想通了，我第一個告訴你。」
臨走時他說：「對了，替我告訴小月，好好照顧自己。」
我找到小月，一字一句地複述著王輝說的話。
小月沒等我說完便說：「我等。」
我說：「那你這段時間怎麼辦？」
她說：「他不在北京，我想先回家一趟。」
我問：「什麼時候回來？」
她說：「他找我的時候。」
每個人都在等。
等一個人回頭，等一個人出現，等自己釋懷。等春暖花開，等燈火通明。**如果能等到**

自己想要的，就沒有浪費時間。

我等著他們等到彼此的時候。一個等自己釋懷，一個等對方回頭。我想，時間總能讓他們等到彼此的。

…八…

我們都在等王輝回來。可等不到了。

王輝在一次去機場的路上，遇到車禍翻了車，再也沒有醒過來。我們以為能等來峰迴路轉，沒想到等來的卻是一記回馬槍。

我聽到消息的時候，正走在大街上，這一切來得太突然，即使發訊息給我的是王輝的母親，我根本無法相信。我強裝鎮定走了一會兒，越走越覺得有一種難以形容的難受，突然一陣喘不上氣。

那感覺就像是自己被捲進了黑洞，我知道身邊的人在說話，只是我聽不到。我知道自己在自言自語，我能看到行人詫異的眼神，可我居然也聽不到自己的聲音。

我不知道自己是怎麼回家的，只記得我無法呼吸，腦袋裡只剩下嗡嗡的聲音。

接著我昏昏沉沉，無法思考，倒頭睡著了，醒來的時候我恍惚間不知道自己在哪裡。

我花了很久，才搞清楚我在自己的床上。看了眼手機，天才剛黑，我不知道自己是睡了一天一夜，還是只睡了幾個小時。然後我想到了什麼，顫抖著打開阿姨傳給我們的訊息，每個字都沒變。

是真的，一切都是真的。我又愣了很久，心裡怒罵老天，為什麼這麼不公平。整夜都沒再睡著，直到第二天陽光灑進來，我都沒有回過神來。過了很久，我站起身來，打開王輝的房間。

這裡的一切我都沒有動過。

我認認真真整理，清理灰塵。打開衣櫃，裡面堆滿了衣服。我想起有一天，我們一起嫌棄他的衣櫃。

小月說：「我幫你收拾吧。」

王輝慌張地關上衣櫃說：「我自己來，我自己來。」

結果這個王八蛋還是沒有整理。

我抱起所有的衣服，一件件替他整理，卻發現衣服的最底層有一件疊得整整齊齊的禮服。我從來都不知道，他偷偷買回了這件衣服。

衣服裡好像夾著東西。是一張照片。

照片裡王輝站得筆直，身旁的小月甜蜜地笑著。

Part II

友情　青春無敵　友誼無價

最好的我們

我以前一直不理解　永遠年輕　永遠熱淚盈眶　的意思
但我跟他們在一起的時候　我就能感受到力量
那種力量來自於我們的共同回憶
來自於我們的熱血熱淚　來自於平日裡的點點滴滴
這是我們最好的年紀　我們光芒萬丈的青春

我最好朋友的婚禮

在你最幸福的瞬間　他們一定會趕來見證
在你最需要他們的時候　他們也會及時出現
在你最失落的時候陪著你　不需要任何回報
不需要任何道理　這就是朋友

……一……

為什麼這個紅綠燈這麼久？

我看了一眼手機，還有兩個小時我的航班就要起飛了，而我現在居然堵在路上。來不及了，來不及了！我一路飛奔辦完登機，臨安檢了突然背脊一涼，才發現把背包掉落在了計程車上。我沒停下，朝登機口跑過去。

沒有什麼比趕回去參加婚禮更重要。

上飛機前，我傳訊息給老陳：「起飛了，等著我！」機艙逐漸暗下來。

我開始回憶他的故事。

我和老陳的相識，要追溯到小學階段。小學時我癡迷水滸英雄卡（因電視劇「水滸傳」播出熱潮，搭配統一小浣熊跟小當家乾泡麵發售的水滸傳英雄卡，共有一百零八張與六張惡人卡，是屬於八〇年到九〇年代同年齡人共同的青春回憶。），我不知道吃了多少小浣熊乾泡麵，才湊足了一百張水滸英雄卡。

我沒事就拿著水滸英雄卡在學校裡晃悠，走到哪裡都能吸引同學羨慕的目光。很快，消息傳開，一到下課時間，我就被重重包圍，男生們紛紛表示要參觀我的水滸英雄卡。

我揚揚自得，所有虛榮心都得到了滿足，直到有一天，我發現下課時間居然沒有別班同學來找我，人群居然向著另一個方向蜂擁而去。

坐在我旁邊的同學從門外跑進來，一邊拉著我一邊說：「隔壁班有個人集齊了一百零八張英雄卡！」那個瞬間，我幼小的自尊心受到了巨大無比的打擊。

可轉念一想，我乾泡麵吃到快吐了都沒能集齊。他肯定吹牛！

倔強的我站在教室外的走廊裡大聲吆喝：「我有一張玉麒麟盧俊義的金卡！」人群瞬間向我擁了過來。

又聽到隔壁走廊傳來一句：「我有豹子頭林沖的金卡！」走向我的同學們紛紛停下腳步，又圍了回去。

我大喊：「我有智多星吳用的金卡！」

他說：「我有小旋風柴進的金卡！」

我大喊：「霹靂火秦明！」

他又說：「小李廣花榮！」

一來二去，圍觀群眾紛紛表示：「你們兩個人都這麼厲害，為什麼不乾脆打一架？」

我還沒回應，隔壁班的男生已經走到我面前，趾高氣揚。

帥氣的我怎麼能容忍這種事情發生，當即表示：「來啊，我們坐下比一比誰的卡多啊！」那天，應該是他小學生涯中最為風光的一天，我最後敗下陣來，那個王八蛋居然真的集齊了一百零八張。他從此被授封為「我校第一」的稱號。

放學後他找到我，幽幽地說：「我多了一張旱地忽律朱貴，你要不要？」

旱地忽律朱貴？這是水滸英雄卡最難收集排行榜的三巨頭之一啊。我嘴上說著不要，但身體很誠實，看著他遞過來的英雄卡，我接過來馬上放進了口袋。

這個人就是老陳，我們成了朋友。

……二……

當時他還算不上是我最好的朋友。

畢竟不在同一個班級，也只是有水滸英雄卡比拚與贈送的交情。結果到了國中，我們居然成了同班同學，直到高中畢業我們一直都是同班同學。雖說是同班同學，但友情迅速升溫總還是需要一個契機。

那件事發生在二〇〇六年。

二〇〇六年，他開始初戀，哦，不對，是開始單戀。

那年世界盃由德國舉辦，我們教室裡有臺電視，午間用來看「新聞30分」，也只能看「新聞30分」，平時都不可以開。可憐我們對世界盃心心念念，卻沒法看到世界盃的相關資訊。老陳突然一拍腦袋，說可以用那臺電視搜尋體育頻道啊！

不愧是從小就集齊一百零八張水滸英雄卡的男人！可沒想到體育頻道只看了五分鐘，訓導主任便神出鬼沒地出現在教室門口，彷彿一早就算好了時間似的。

只聽到他大聲呵斥：「是誰開的！」

老陳剛想站起來自首，大丁卻站了起來說：「老師，是我開的。」

訓導主任一看是班長，說了句：「下次別再開了」，也就沒再追究。

老陳卻從此動了心，無法自拔。

我當時也情竇初開，喜歡隔壁班的女生。我們兩個單身直男一起商量：「我們可以互相支持啊！」從此我們從好朋友變成哥兒們。

於是，我們上課互相傳字條，共商追求大計。天賦異稟的我們很快就想到了一招，那就是……抄歌詞啊！

二〇〇六年，周杰倫占據了華語樂壇的半壁江山，人人都在唱〈菊花台〉，就連對流行音樂不屑一顧的長輩，也會為了一首〈聽媽媽的話〉，主動買專輯給我們聽。

而我因為〈溫柔〉開始聽五月天的歌，一首〈聽不到〉讓我澈底迷上這個樂團。於是我們一個人開始抄〈晴天〉，一個人開始抄〈溫柔〉。把情書送出去之前，我們互相閱讀彼此的內容。

他用力拍了我的肩膀，破口大罵：「你神經病啊！『不打擾是我的溫柔』是能用來表白的嗎？」

我拍桌而起：「你看看你自己，『從前從前有個人愛你很久，但偏偏風漸漸把距離吹得好遠』，這是用來分手的吧！」

老陳一臉「你懂什麼」的表情看著我，我用「我就是懂」的眼神還了回去。然後呢？我倆被對方這麼一打擊，誰都沒有把情書送出去。

…三…

機艙突然亮了起來，我也從回憶裡醒過來。

空姐問我要喝什麼，我說：「給我可樂吧。」

我其實好久沒喝可樂了，自從上了大學後，身體變得不好，我就刻意避開碳酸飲料。我在高中時最愛可樂，一到週末就跟老陳、包子三個人奔向肯德基，一人一杯可樂。那年頭還有寒暑假，不管酷暑還是寒冬，我們都愛去打籃球，打完球就一人一罐可樂。

我籃球打得一般般，而老陳是校隊的。那年學校比賽，我們都去幫他加油，大丁也去了。比賽結束，兩分惜敗。

我看著老陳落寞的眼神，剛想走上前安慰，正好看到大丁。我一臉壞笑地把可樂遞給大丁說：「大丁，我肚子痛，這是我給老陳買的，你幫我給他吧。」我沒等她反應過來，就把可樂塞了過去，假裝奔向廁所。

到了轉角，我停了下來，暗中觀察，臉上帶著欣慰的笑容。

可那老陳似乎什麼都沒說，接過可樂就走了。

等他經過我身旁，我拉住他問：「剛才你們說什麼了？」

他愣了愣說：「謝謝啊！」

我大驚：「就這些？」

他認真地點點頭說：「就這些。」

我恨鐵不成鋼說：「你這麼蠢，當年到底是怎麼集齊水滸英雄卡的？」

他說：「因為我有錢啊……」，馬上一記重擊。把我擊倒在地，再也不想起來了。

很快，我們就要面臨高中聯考了。我和大丁成績都不錯，應付考試倒也不太費力。老陳就不同了，大天逼自己寫測試題目，做得鉛筆冒煙，還是沒進步多少。

考完試，成績放榜，大丁班級排名第二，老陳倒數第五。

學生時代喜歡一個人，成績就是頭頂的烏雲，揮散不去。

…四…

飛機的聲音真吵啊，我根本無法入睡。看了眼身前小螢幕上顯示的時間，還有五個小時才能到，我心想：為什麼墨爾本離中國這麼遠呀？

說到墨爾本，第一個知道我要出國的人就是老陳。

老陳問：「真決定出國了？」我點點頭。

老陳說：「在外頭雖然很好，畢竟不比在國內，你看你這單薄的身體，如果在國外出了事你絕對撐不住。」

我笑著罵：「你多慮了啦！」

他接著說：「畢竟我們都不在你身邊，誰帶著你打籃球？誰幫你追女孩子？遇到事了誰幫你出頭？」

我突然什麼都說不出口了。

出國前，我們去唱歌，老陳點了首張震嶽的〈再見〉。

我們一宿沒睡，第二天我就跟著爸媽去了機場，老陳給我傳了一則言簡意賅的訊息：

「我們已經做朋友六年了，未來還有很多年。」

我回：「有空來找我玩啊。」

他說：「好。」

我說：「早日追到大丁。」

他轉移話題：「在外頭要好好照顧自己。」

…五…

下午的浦東機場依舊人山人海，距離婚禮開始還有四小時。我需要在這四小時內從浦東趕到虹橋，再從虹橋坐高鐵到無錫，然後叫車回家，感覺是一項不可能完成的任務。

我咬咬牙，一路小跑奔向機場大巴。

二〇一一年老陳已經在南京了，我去南京找他。老友很久沒聚，先互相數落對方，然後也不生疏，直奔籃球場。當然他輕鬆把我斬落馬下，我「戰死沙場」也沒贏回一局。

坐在場邊時他突然說起：「我這輩子只記得兩個人的背影，一個是當年法國名將席丹和世界盃足球冠軍擦肩而過，另一個是大丁站在我面前替我頂了罪。」

我問：「快三年過去了，你表白了嗎？」

他說：「我嘗試過，有天我在她社區門口等她，你知道發生了什麼嗎？嘿，她從社區的另一個門回家了。」

那時剛剛有微博，他就看大丁的微博主頁。她難過，他就替她難過；她開心，他就替她開心；她戀愛了，他就找我吐槽，說這世上還有誰能比自己更瞭解她、更能照顧她？我當時用力拍了一下他的腦袋說：「那你倒是去追啊。」

老陳看著我搖頭苦笑，把他的微博草稿箱給我看。我一看瞬間瞪大了雙眼，說不出話來。因為草稿箱裡放滿了老陳想要對大丁說的話，卻一則都沒有發送出去。

那一年，還發生了另外一件事情是——我的慘敗。那一年我寫了一本書，叫作《想太多》，幾乎沒有人知道這本書。你知道一個人努力了三年，終於等來了一個所謂的結果，滿心歡喜，滿懷期待，卻發現那不過是一場空，是什麼感覺嗎？

就好像，如果我知道今天是下雨天，那我出門會帶著傘。可有時候生活偏偏讓你覺得今天是個大晴天，然後才給你淋一場大雨。如果結局是失望，為什麼還要給你一點希望？那時的我自然不明白，**生活的本質就是這樣，希望和失望並存，美好與醜惡共生。有多少好，就有多少壞，付出從來不等於回報，不公平就是生活本身**。

而我們能做的，是從失望中看到希望。眞正的樂觀，不是因爲沒見過世界的黑暗，恰好相反是因爲見過，才懂得珍惜生活。

可我當時還沒想通，我意志消沉。一個人躲在上海，哪裡也不去，誰也不找，不知道自己要去哪裡，不知道自己還能到哪裡去。

幸運的是，在我最難過的時候，我有兩個好朋友。他們沒有笑我，更沒有落井下石。一個從南京來到上海，一個個地鐵站找我，拉著我，陪著我，等我自己幡然醒悟。

另一個不知道從哪裡弄來一輛車，對我說：「你把這些書交給我，老子我幫你賣，有的人不知道你的好，是他們沒眼光。」這個人就是老陳。

後來我才知道，老陳把這些書打兩折賣了出去，然後再按原價把錢給我。我執意要還他錢，他擺擺手說：「你就把這些錢當紅包錢吧，我結婚的時候再給。」

…六…

我趕到酒店的時候已經晚上九點多。他們給我的喜帖上，寫著婚禮的開始時間是晚上六點十八分。我知道我遲到了。雖然包子和老唐一直在群組裡傳訊息說——安全第一。

可我知道，我就是錯過了。

包子問我：「到了嗎？」我回覆：「到門口了。」

他說：「快來，我們在等你。」

賓客走得差不多了，服務生正在收拾桌子。

我心裡一沉，還好看到最裡面的一桌酒席還坐滿了人。我聽到老陳對我大喊：「老盧，這裡這裡。」

我第一次看到這麼帥的老陳，還沒走近，他就給了我一個結結實實的擁抱。

我說：「對不起，我遲到了。」

他沒等我說完，搶著說：「辛苦你了，大老遠趕回來。」

我滿懷歉意說：「不辛苦，就是沒想到還是晚了，錯過了你們的婚禮儀式。」

老陳哈哈大笑說：「晚什麼，我們都在啊！」

我還想說些什麼，包子拉著我坐下，衝我眨眼。

我還沒來得及思考，就看到從門外紅毯緩緩走進來的大丁。穿著婚紗的大丁。

老陳給我一個俏皮的眼神，就衝著大丁跑了過去。他挽著她，一步步從門外走進來。那時候酒店已經沒有那麼好的燈光了，另外兩個朋友大頭和芋頭一左一右，用手機的閃光燈照著他們。音響也撤了，小裴和包子就用手機擴音播放著〈終於等到你〉。我還在發呆，包子拍拍我的肩膀說：「愣什麼呢，一起拍手一起唱啊。」

這是我參加過的最簡陋的婚禮，卻是我參加過的最美的婚禮。全世界所有的漂亮，此刻都集中在他們身上。他們一步步走向我們，緩慢而鄭重。大丁輕輕靠在老陳的肩膀上，眼裡寫滿了溫柔。

包子給我一堆彩紙片，問我：「準備好了嗎？」

我瞬間會意，跟包子走到他們身後，人工製造煙花。

他走到我們這桌前，單膝跪下對大丁說：「大丁，這麼多年我一直在努力變好，你願意把你的餘生，都託付給我嗎？」

大丁認真又緩慢地點頭說：「我願意。」

這是我最好朋友的婚禮。

他們的婚禮儀式其實早就結束了，但他們願意為了我重來一次。

老陳走到我身旁說：「這麼多人裡，我最希望你能幸福，因為你是我們當中總在漂泊的那一個，我知道你熱愛自由，但我希望有一天你能找到落腳的地方。」

我再也沒忍住眼淚。

彷彿我們還是十年前的那兩個少年。互相催促對方去表白，卻雙雙失敗；我們集體落魄，在黃浦江邊吹了一晚上的風；我沒等到女孩的那天，老陳拍著我的肩膀說「人生自古誰無死，啊呸，人生在世誰不失戀，沒事啦，你想怎麼發洩我都陪你」；我們又時常熱血，半夜說走就走，一路漫無目的；又或者一起出遊，在海灘一起唱著〈紅日〉等日出。

可我們轉眼就長大了。

十年，我們見證彼此的成長。我最好的朋友，終於找到自己的幸福。那個在我最難挨的時候幫助我，在我開心的時候祝賀我的老陳，終於等到了大丁。

我以前一直不理解「永遠年輕，永遠熱淚盈眶」的意思。或許我現在也無法理解，也認為我們始終沒法做到「永遠」，但我跟他們在一起的時候，我就能感受到力量。

那種力量來自於我們的共同回憶，來自於我們的熱血熱淚，來自於平日裡的點點滴滴。這是我們最好的年紀，我們光芒萬丈的青春。

對了，我是不是還沒有說他們是怎麼在一起的？

後來啊，他們終於遇見。老陳終於表白說：「很多年了，很多年了，我喜歡你已經很多年了，可我一直不敢說，現在我把自己變好了。我說這些是想告訴你，我有能力給你幸福了，跟我在一起好嗎？」

大丁說：「很多年了，這麼多年你終於說出這句話了，不然你覺得當時我為什麼要幫你頂罪？你傻不傻？」

…七…

我花了整整兩天時間在路上，參加了一小時的婚禮。但這是我當時最想做的事情。我無法錯過。無法錯過我最好朋友最幸福的瞬間。

有人說，友情是有保存期限的。對也不對。大概是到了年紀，我身邊的人走走停停。我以為和那些好朋友，只不過是短暫地分開，最後我們還會殊途同歸。可轉眼那些**曾經在生命中的人消失在人海**，**居然找不到一絲痕跡**。**那些還能找到痕跡的**，**又因爲時間開始生疏**，**早就找不到當初的感覺**。

而我最幸運的是，還有那麼幾個人，跟我一直是好朋友。我們很久沒見，也不會有隔閡。我們有共同的回憶可以分享，又可以自然地說著現在的生活。不會有妒忌，也不會有嘲笑，有的是帶著吐槽的鼓勵。

友情更像是一種不需要常常惦記，但都保持著關心，不需要時常保持聯繫，但聊起天來感覺時間就像沒走，不需要陪伴在身邊，但有困難時可以第一時間到你身邊的感情。不需要太多寒暄，一句「最近怎麼樣」就能開聊；不管距離有多遠，就像在面對面聊天；不管多久沒聯繫，就像從來沒離開。

我早就不是那個相信友誼天長地久的少年，也知道這世上更多的是分道揚鑣。可就是因為他們，**我還是相信，有些友情是可以打敗時間的。因爲跟他們在一起的時候，我能感受到我不是任何人，我的身上沒有任何標籤，我的工作也不重要；因爲跟他們在一起的時候，我就是我自己。**

而你也知道，在你最幸福的瞬間，他們一定會趕來見證；在你最需要他們的時候，他們也會及時出現，在你最失落的時候陪著你。不需要任何回報，不需要任何道理，這就是朋友。

我的朋友不多不少，逐漸穩定到了現在的幾個，但留在身邊的，每一個都很重要，每一個都要幸福。一個都不能少。

看到這裡的你也是。

我只想陪著你在牆角蹲一會兒

難過的時候　所有人都給你講一堆大道理
只有你的好朋友　懂你的沉默　陪你一起在牆角蹲著

……一……

我二年級前不太能講話。確切地說，是不太能說普通話。因為我生來就得了一種病——先天性大舌頭。那時我的舌頭不能正常自由前伸，舌尖不能上翹，所有捲舌音我都發不出來。後來我才知道這種病有一個學名「舌繫帶過短」。

簡而言之，除了不太能講話以外，吃飯咀嚼也有一些問題。不過童年時的我不以為意，以為這不是什麼大不了的毛病。加上我有限的詞彙量和方言中沒有太多捲舌音，所以也沒遇到太多麻煩。

我媽媽曾經告訴我：「浩浩，沒關係的，小朋友都是這樣不太能講話的。」

直到我上小學一年級。

不對啊，媽媽，他們講話都很流利啊！早慧的我意識到，一定是我的舌頭出了什麼問題。回家質問我媽，我媽說：「浩浩，你再等一年，到時候我們就去做手術。」天哪，這麼小的年紀就要做手術，太酷了吧。幼小的我這樣想。

事實上這一點都不酷。

至少那一年的我，過得一點都不快樂。或許班裡的很多同學並不是出於惡意，只是單純覺得好玩，才會在背後模仿我說話。當然他們可能也不知道「智障」這個詞的意思，只是想用這個好玩的詞來形容我。

「你看那個智障，連話都說不清楚。」

我雖然也不明白「智障」到底是什麼意思，但看他們的表情就知道這不是什麼好詞。但那時我無能為力。打回去？論體格我壓根打不過。罵回去？那時候我又不太能講話，細細想來簡直是一種天大的諷刺。只能忍著，想著他們說著說著也就不說了。於是，把自己當成透明的，不敢跟別人多說幾句話，也不敢去外面跟其他小朋友玩。

有一次語文老師喊同學起來唸課文。

有個男同學舉手，站起來說：「老師，讓盧思浩唸吧。」滿堂哄笑。

我恨不得變成地上的灰塵。快讓我隱身吧，快讓我隱身吧，我在內心絕望地呼喊著。

這時有個人站了起來，大聲說：「老師，我覺得他們嘲笑一個人很沒有禮貌。」整個教室瞬間安靜下來。

這個人就是我最好的朋友之一：包子。

那天我特別難過，卻又找不到什麼發洩方法，只能一個人在所有人都離開之後，找一個牆角蹲著。包子默默走過來，也不說什麼話，就陪我蹲著。那瞬間我內心感覺到了一種溫暖的東西。

一年後，我做完手術，心想我要比那些嘲笑我的人更厲害。於是每天苦練唸課文，你們不是讓我唸嗎？我現在要比你們唸得更流利。我要揚眉吐氣！

是包子陪著我一起練習唸課文。包子像個小大人一樣給我講道理：「你不要理別人說什麼，做得比他們好就行了。」這句話，一直陪伴我到現在。

…二…

也許是小時候不太能講話的原因，我愛上了讀書。

雖然我是班裡最小的孩子，但我比班裡大多數人都懂得多一些。只是懂的不是課本知識，而是天馬行空的各種奇想。

於是在五年級的時候，包子找我幫忙，問：「怎麼去認識隔壁班的女生呢？」

我靈光一閃說：「我回去看看書，書裡面肯定有辦法。」

於是我找來了能找到的所有言情小說，開始反覆閱讀尋找答案。

機智的我，從這些書裡得到一個真理：男女主角的相遇，一定伴隨著浪漫的摔倒。譬如女主角在圖書館拿書的時候，一定會摔倒在男主角面前；譬如女主角趕著去上課的時候，一定會跟男主角撞個滿懷，然後摔倒在男主角面前。第二天，我把這個真理告訴包子，包子深以為然。

我們開始仔細觀察隔壁班班花的行動軌跡。十天過去了，我們終於注意到在早上第一節課之後，班花會拿著一疊作業本去老師的辦公室。潛伏這麼久，終於等來了好機會，我一定要親手把包子推出去。這一天我瞧準了機會，在班花經過的時候，用力推了包子一把，包子順勢撲了出去。

一天之前，我已經想好了劇本。劇本應該是這樣的——包子把班花撞倒，包子回頭罵我，包子蹲下來替班花撿作業本，包子不小心碰到班花的手，包子和班花墜入愛河。誰能想到此時的我才小學五年級呢？言情小說果然不能看太多啊……

天哪，完美！

可萬萬沒想到班花居然靈巧地一個轉身躲了過去，包子摔了個狗吃屎，班花也就停留了一秒鐘。包子站起身時怒目圓睜看著我，可能是想打我，我落荒而逃。

就在此時，我眼前出現了個人，但我根本就沒看清眼前的人是誰，更來不及煞車，一下把那人撞翻在地。我定定神，抬頭一看居然是隔壁班班花。包子衝到班花面前，包子回頭罵我，包子蹲下來替班花撿作業本，包子不小心碰到班花的手。

咦？這不就對了嗎？

我站在一旁看著這一幕上演，心想：我果然是個天才吧。抱著這樣的信念我用力點了點頭。我還在自我陶醉時，只見班花站了起來，怒罵：「你們兩個神經病啊！」包子非常錯愕，轉而非常憤怒；我非常錯愕，轉而非常擔憂；因為我從包子的眼神中確信了——他不是可能想打我，他是真的想打我。我落荒而逃。

但我並沒有為自己辯白，畢竟一切都是因為我的想法過於天真，千算萬算沒想到言情小說裡的人物行為，從來就不符合牛頓力學和正常邏輯，於是包子初戀的時間，從五年級跳躍到了大二。

對不起，一切都是我的錯。

…三…

高二時，ＮＢＡ（美國職業籃球聯賽）開始席捲中國。我們正當少年，自然也看起了ＮＢＡ，主隊是火箭，人人都愛姚明和麥格雷迪。我特立獨行，偏要跟別人不一樣，我喜歡湖人隊，喜歡柯比。從此我跟包子看球分成兩個陣營，我是堅定的柯密麥黑（喜歡柯比討厭麥格雷迪），他是堅定的柯黑麥密（討厭柯比喜歡麥格雷迪）。

有天早晨我拿著籃球雜誌到學校，封面人物正好是柯比。

包子走近看了看，不屑地說：「柯比算什麼，有我們麥迪厲害？」

我一聽不樂意了說：「我柯有三連冠，你麥能進季後賽第二輪嗎？」

包子說：「你柯都是抱大腿，臘雞（垃圾）。」

我說：「你再說一遍？」

包子說：「臘雞。」

我拍桌而起說：「你侮辱我可以，侮辱我偶像不行。」

包子說：「呸，我就侮辱柯比，怎麼了？」

我甩甩袖子說：「放學了操場比球，單挑。」

他說：「好啊。」

等到晚自習，我還在氣頭上，包子說：「別等了，有種現在就比啊。」

我說：「還在上晚自習呢。」

他說：「不敢？」

哎喲呵，我心想，這是在挑釁我，不能忍，走就走。

就這樣，我們翹了晚自習，偷偷跑去體育館，但又不敢開燈，好在窗外有光透進來，勉強可以看清籃框。打了四輪，2比2，我們摩拳擦掌準備進行最後的決鬥，突然聽到門口一聲大喝：「你們在幹嘛？」我們拔腿就跑。

跑到一半包子又折了回去，我大喊：「你為什麼回去？」

他說：「拿球！」

那個籃球是我送給包子的生日禮物，我們每次打球都用這個球。我知道包子這一折回去，肯定會被抓個正著。瞬間我做出了決定，不就是被罵嗎？大不了一起受罰。就這樣，我們兩個像小雞一樣被體育老師拎到訓導主任面前，訓導主任怒不可遏，把我們臭罵一頓。

包子嚷著：「你們懂什麼，這是男人之間的決鬥。」

訓導主任說：「喲，還得意起來了，你們這叫個屁決鬥，幼稚！幼稚！」

第二天，我們被訓導主任懲罰，被罰午休時去藝術樓打掃清潔。

我說：「我們的決鬥被叫停，這次不算，下次再打。」

包子說：「要不是被發現，那局我早贏了。」

我剛想反駁，他說：「其實……柯比是真的挺厲害的。」

我愣了一下，轉而跟他一起哈哈大笑起來。

、…四…

二〇一一年，我迎來人生中比較慘澹的日子。

那年我偷偷回國，卻沒有順利找到房子，沒有地方可去，出版的書沒有人管，錢卻已經所剩無幾，只能流浪於各大地鐵站、肯德基和麥當勞，能混一天是一天。

芋頭也一樣，為了男友去了上海，卻在家裡找到第三個人的痕跡，晚上我叫上包子，三個人一起去黃浦江邊吹風。

那年我們都是不愛穿長褲的少年，我和包子一個嫌累贅，一個不怕冷，芋頭主要是愛美，就是大冬天她也敢露大腿。上海的冬天光看溫度還能忍受，但真跑到室外吹風那就是鑽心地疼。不怕死的三個人都穿的單薄，在江邊什麼也不聊天，就坐在臺階上看天，只有天知道天有什麼好看的，不，可能天也不知道。

然後芋頭突然間大喊了一句：「我已經忘記你了！」

包子跟我對視一眼，走到芋頭身邊，陪著她一起喊。臨近天亮，我們哆哆嗦嗦地窩在凳子上等日出。我們彷彿被世界拋棄，沒有人在意我們，全世界也只剩下我們三個。芋頭突然開口唱五月天的〈溫柔〉：「如果冷，該怎麼度過。」

我們接著唱：「天邊風光，身邊的我都不在你眼中，你的眼中藏著什麼，我從來都不懂，沒有關係，你的世界，就讓你擁有，不打擾是我的溫柔。」

很快黃浦江邊會迎來人群，身處黑夜的上海會被陽光喚醒，而我們拚命想做的，竟是抓住這最後的夜晚。因為彷彿只有在黑夜中，我們才得以是我們自己，我們才能把所有的情緒，都融進一首歌裡，然後無聲地掉眼淚。

包子開口問：「你們啊，都是因為難過才來吹風，我最近又沒什麼心事，不知道為什麼要陪你們吹風，也奇怪，為什麼跟你們吹風我覺得非常舒服。」

我哈哈大笑說：「或許正因為這樣，我們才是好朋友吧。」

芋頭擦乾眼淚，罵我：「氣氛都被你破壞了。」

然後我們三個都哈哈大笑起來。那是我第一次為了等日出，看到天亮。

從沒想到以後有一天，我會走遍全世界看日出。臨走時，包子給了我一筆錢說：「你是我見過的最努力的人，如果老天不給你機會，他就是瞎了眼。你可別倒下啊，撐下去。撐不下去了，我們就撐著你。」我什麼都沒說，沒要他的錢。

他也什麼都沒說，拍拍我的肩膀正色的說：「加油。」

那時我想，**即使我的船在人生的海上沉了，我也要拚命游到岸邊**。**因爲岸邊，有我的好朋友等著我**。

…五…

時間回到包子大二的時候，他遇上了他的初戀，毫無預兆地陷入愛河。

二〇一二年八月，包子打越洋電話給我，說自己準備求婚。那時我正在睡夢中，迷迷糊糊地說：「真的嗎？畢業沒多久就結婚？」

他大吼一聲：「對啊，這是我的理想！」

我瞬間清醒，興奮地從床上蹦起來，跟他一起擬定他的求婚計畫。腦海裡突然浮現出五年級的時候，我們一起擬定的認識班花大作戰計畫。跟那次一樣，包子的滿腔熱忱撞到了冰山，再次摔了一個狗吃屎。

包子準備了盛大的求婚儀式，費盡心思弄來很多煙火。

求婚那天，他先是放了遠方的幾束煙火，放完後對女孩說：「怎麼樣？」

女孩笑靨如花說：「好看。」

包子神秘地說：「還有更好看的。」

朋友們點起藏在他身後不遠處的煙火，他卻沒有回頭看。因為在那一刻，他眼裡只有眼前睜大雙眼滿臉欣喜的女孩，就算煙火再美，也美不過眼前的這位百分百女孩。

眼看時機已到，包子求婚。

女孩卻愣住了，沒有同意也沒有拒絕。包子僵在原地，收回戒指，訕笑著說：「沒關係，你不要有壓力，我們之後再說。」

三個月後，女孩跟包子分手說：「最近想了很多，可能我們還是不合適。」

包子問：「哪裡不合適了？「

女孩說：「我暫時還不想要婚姻，我還想自由一段時間。」

包子慌忙說：「是不是那次求婚我給你壓力了，你可以當作沒發生過啊。」

女孩搖搖頭說：「我們真的不合適。」就這樣，女孩消失在我們的生活中。

那時我在包子身邊，所有人都安慰包子，可我能讀懂他的眼神。他的眼神裡寫著：不要安慰我。

於是我說：「想去哪裡，我陪你。」

他說：「我想出去走走。」

我掏出錢包說：「好，我們叫車。」

包子笑著搖搖頭說：「我想去的地方太遠，要坐飛機。」

我掏出銀行卡說：「你說，去哪裡，我陪你去。」

包子說：「好，你先回家收拾行李，一個小時後我們在這裡集合。」一小時後我沒有等到他。打電話給他，他說：「我已經到機場了，你別趕過來了，我想一個人去一些地方看看。」

我沒再追問，只是讓他路上注意安全。一個半月，包子杳無音信。

後來他回來了，我問：「去哪裡了？」

他說：「去了一些地方，給她寄路上拍下的照片。」

我問：「知道她的新住址了？」

包子說：「不知道，我只有舊地址。」

我心裡五味雜陳，那麼多念念不忘，那麼多沒有迴響。

不知道該說什麼，只好走到窗邊透氣。
他走過來說：「道理我都懂的，你別勸我。」
我說：「我不勸你，但你以後無論去哪裡，都在我們群組裡跟我們說一句。免得你消失了，我們要到全世界找你。」
他說：「兄弟，謝謝。」
我說：「怎麼又說謝謝？」
他說：「謝謝你沒有勸我。」

…六…

二〇一三年，我終於有了人生第一場新書簽名會。
我內心忐忑不安，陣陣惶恐，整夜失眠。一早爬起來熨襯衫，暗自祈禱一定要有人來，哪怕一個都好哪怕一個都好。後來來了很多人，晚上我回飯店，對著鏡子裡那張熟悉的臉，暗暗發誓——我一定要扎下根來。
包子晚上傳訊息給我：「今天怎麼樣，成功嗎？」
我回：「嗯。」他打電話來，聽起來比我還開心。
二〇一四年，在北京王府井書店辦簽書會。我還是忐忑不安，再次失眠，第二天匆匆忙忙，忘了準備一些東西。晚上回家看著滿桌子的禮物，突然很想哭。腦海裡是那個少年，那個少年揣著二十五塊錢，興沖沖到了上海，等著自己的第一本書上市。可什麼都沒有，沒有自己的書，沒有預想中的第一筆錢。

第二天我去書店買了一本自己的書，三年了，我想我終於游到了岸邊。

晚上我跟包子聚會，把書送給了他。他哈哈大笑，問：「書裡有寫我嗎？」

我說：「當然了。」

他問：「是不是最帥的那一個？」

我說：「最傻的那一個就是你了。」

他一邊笑著罵我，一邊舉起酒杯說：「你看我就說你能撐過來的。」

我問：「你呢？」

他說：「放下了。」

我問：「真的？」他點點頭。

二〇一七年春節，我們一起去湖邊放煙火。我傳了一張照片到朋友群組裡，群組的名字是——下一個二十年。

下一個二十年會怎麼樣呢？我不知道。

但我想，等待我們的，應該是還不賴的人生吧。

…七…

這二十年來，我們從男孩變成大人。

物是人非對我們都是偽命題，因為那些曾經存在過的建築，早就變了模樣。我們那所國中，已經被拆了。那所高中，也已經面目全非。有時我走到熟悉的路邊，卻看不到熟悉的建築，也會懷疑那些熱血熱淚的青春是不是真的存在過。還好我有他們，能一起證明過去的一切是真實存在的，那些情感也是真實存在的。

而我們這些年的相處模式，就是這樣。平日裡忙碌起來，誰也不聯繫誰。但所有重要的日子，都一起見證，彼此真心地祝福。那些難過的日子，都互相陪伴，也不用說些什麼人生大道理。

難過的時候，所有人都跟你講一堆大道理。只有你的好朋友，懂你的沉默，陪你一起在牆角蹲著。有他們在你的身邊，你就知道，再難過，天也不會塌；真塌了，他們也會替你頂著。

我真的很想你

整個世界都不在乎這隻流浪狗　直到牠遇到她
整個世界都不在乎青青的感受　直到她遇到牠

⋯一⋯

先從一部電影說起。

電影的名字叫《忠犬八公的故事》，主角是一隻叫八公的狗。沒有人知道牠是從哪裡來的，幸好牠遇到了一位好主人。自此八公每天都會送教授上班，五點準時在車站等著教授下班，然後搖搖尾巴撲向教授。

八公有一個特點，就是不愛跟主人玩球。

有一天教授上班前，牠一反常態地叼起球，想要哄教授開心。可也就是那天，教授在上課時突然倒下，因心肌梗塞突發而死亡，再也沒有回到那個車站。之後每天傍晚五點，八公都來到火車站前等候、凝視，等待主人回來。第二天，第三天，從夏季到秋季，九年時間裡，八公風雨無改，直到最後死去。

聚會時我放起了這部電影，青青看到一半就開始啜泣，電影還沒有放完她就已經號啕大哭。我把面紙遞過去，她邊哭邊講她跟一隻狗的故事。

⋯二⋯

她是在五年前的一天夜裡遇到點點的。

點點是隻流浪狗，每天夜裡都沒地方去，就窩在她家社區門口的一排自行車中。有天青青上夜班回家，從超市買了些吃的食物，準備往家的方向走，突然聽到身旁一聲狗叫。她嚇了一大跳，轉頭看見一隻髒兮兮的流浪狗瞪著眼睛看著她。她本來想轉身就走，卻發現它後腿正流著血。她徑直走過，心想一隻流浪狗有什麼好管的。可與牠四目相對的時候，青青還是心軟了。

她在原地愣了一會兒，思索著附近就有寵物醫院，可她一個人實在抱不動牠；就打電話給當時的男友。男友皺著眉頭趕了過來，看都沒看狗一眼，拉起她就走。

她說：「等等，牠在流血⋯⋯。」

男友非常生氣說：「關你什麼事，這世上流浪狗這麼多，你要一個個救？你聞不到牠一身的臭味嗎？」

青青猶豫了，想了想，從袋子裡拿出一根香腸，小心翼翼地丟過去。這之後，心一狠，還是回了家。回到家後，她心裡越想越不是滋味，第二天起了個大早，想去看看那隻狗怎麼樣了，卻發現那隻狗已經不在了。她暗自祈禱著是被好心人把牠送去了醫院。

一星期後，她又忙到深夜。

到了社區門口才發現那隻狗蹲在一旁，呼蚩呼蚩地喘著氣。青青喜出望外，轉身想去超市買香腸給牠，心想這也是緣分。狗卻突然大叫起來，一副要咬人的樣子。青青嚇得後退三步，心想虧我還買東西給你吃，她示意狗安靜下來，沒想到牠卻越叫越大聲。

聽到叫聲的社區保全大哥從值班亭走出來，作勢要趕狗，生氣地自言自語說著：「去去去，吵死了，叫什麼叫……。」話還沒說完，他突然大喊了一句「別動！」，拔腿就向青青身後的方向追去。

她壓根不知道發生了什麼，順著保全大哥的方向往後看，才突然發現自己的皮包被劃開了一個口子。十幾分鐘後，保全大哥拿著一個錢包回來了，氣喘吁吁地說：「這錢包是你的吧，下次要小心啊，年關將近到處是小偷，你看看還有沒有丟掉什麼？」

青青驚魂未定，馬上翻翻包內說：「還好還好，沒丟什麼。」

然後她蹲下來摸摸狗的頭說：「你剛才叫是想告訴我這個吧，謝謝你。」

說來也怪，狗像聽得懂人話，順從地蹭了蹭青青的腿。她問：「這隻狗有名字嗎？」

保安大哥說：「一隻流浪狗哪來的名字？」

青青看狗一直點著頭，想了想說：「那你就叫點點吧，我叫青青。」

點點聽懂了自己的名字似的，把頭往青青手上靠。

不一會兒手機響了起來，男友催她回家。接完電話，青青立刻起身往家走，沒想到點點居然跟著她走了起來。可點點走不快，因為腿上有傷，只能一瘸一拐地跟在後頭。

青青看著心疼，停下來對保全大哥說：「大哥，你能不能先幫我照顧牠？」

保安大哥一口回絕說：「別別別，我照顧不來，我看牠這麼喜歡你，你還是抱走吧。」

青青想了想，蹲下來對點點說：「點點，是你幫我找回錢包，來，跟我回家。」

回家路上青青一直盤算著怎麼跟男友說點點的事，打開門才發現他媽媽也在。

青青禮貌地打招呼，男友媽媽卻沒理會，捂著鼻子說：「哎哎哎，你抱的是什麼玩意，這麼臭帶回家幹嘛？」

她急忙解釋：「阿姨你不知道，我的錢包差點被偷了，是牠幫了我……。」

話還沒說完，她男友不知從哪裡衝了過來，一把奪過點點就往門外丟。青青來不及喊點點的名字，男友就關上了門。

他責備道：「青青，能不能懂點事，我媽在這裡你還抱這麼臭的一隻狗回來？」

青青說：「點點今天幫了我！我想養牠！」

男友嗤之以鼻：「牠哪懂什麼，不就是賣個乖，讓你這種心軟的人把牠抱回來嗎？」

青青還想爭辯，阿姨打斷了她：「青青，阿姨看你們同居這麼久了，你也老大不小了，總是這麼占著我家兒子便宜不太好。我看我兒子挺喜歡你的，你倆儘快結婚吧。」

青青說：「阿姨，我沒占你兒子便宜，房租我也付一半的。」

他媽媽說：「你為了我兒子來北京，想要什麼我能不知道？我不跟你爭這個，我是來通知你的，下個月你們就結婚。」

青青內心一股怒火，可還是忍了下來，拉著男友的手說：「你跟阿姨說說，我好不容易找到喜歡的工作，等我工作再穩定點就結婚。」

男友卻說：「我媽說得……也有道理，咱倆戀愛這麼多年了，不能再這麼耗下去。」

他媽媽碎碎唸著：「這女孩怎麼這麼不懂事？那隻狗又是怎麼回事？故意的嗎？」

男友說：「媽，那就是社區裡的一隻流浪狗，我不會讓牠進家門的。」

我不懂事？我不懂事還自己拚命找工作？還堅持要付房租？青青覺得委屈，放開男友的手，說不出話來。男友送他媽媽回家，青青在沙發上默默掉眼淚，突然想起點點。不知道牠現在怎麼樣。想到這裡，她立馬穿上衣服出門，剛下電梯就看到了不遠處的點點。

原來牠一直沒走遠。

她蹲下來摸摸點點的頭說：「點點，對不起，姐姐暫時不能帶你回家了。留在這個城市有多不容易，我想你比我還明白。」

她說：「點點，姐姐還有很多煩心事，可惜你聽不懂。」點點抬起頭看著她，眼珠子不停地轉，像兩顆黑珍珠。
她接著說：「姐姐跟你說啊，姐姐有個在一起四年的男朋友……」
說著說著，她眼淚就忍不住往下掉。
「姐姐是個特別好強的人，從來沒主動問他要過一分錢，從來沒有。可為什麼他媽媽說我占他便宜呢？他也不幫我，還說我賴著他。」
點點的眼珠子不轉了，牠用前爪拍了拍她的手。青青驚喜地認為點點聽懂了她的難過和歉意，蹲下身抱著點點哭了出來。

…三…

青青放不下四年的感情，放不下他，選擇了妥協。她也放不下點點，只能把點點安頓在地下車庫的一個角落裡，為牠簡單佈置了一個家。
那幾天，她還會陪點點玩，可後來時間越來越少，她也為了爭一口氣，拚命加班，只好每天早上出門前去看看點點，然後給了保全大哥一點錢，拜託他時不時買點狗糧。
有一天早晨她不小心睡過頭，穿上衣服就狂奔到公司，忘了去看點點。回家時已經凌晨，整個人暈暈乎乎，世界一片寂靜，沒有一絲色彩，直到在社區門口意外地看到點點。
點點老遠就看到青青了，可牠瘸了一條腿走不快，只能慢慢地向青青靠近。青青趕忙跑到點點身邊，點點拚命搖著尾巴，在原地圍著青青轉圈圈。

故事說到這裡，她眼眶又紅了說：「所以，我特別懂教授看到小八在等他的心情。」

我以前一直在想，為什麼狗能知道主人什麼時候回家。看了《忠犬八公的故事》後才突然明白，大概是有一天小八聽到了火車汽笛聲，然後聽到人群嘈雜的聲音，有那麼幾個人會跟牠打招呼，接著主人就會出現。試驗了幾次十幾次幾百次，終於確信這就是真理。

只要太陽開始落山，接著響起火車汽笛聲，主人就會出現啦。小八一定是這麼想的。這是牠總結出來的規律，這是牠推斷出來的能等到主人的方法。

直到有一天教授再也沒回來，它還是滿心期望著，只要按照這個方法等，一定能等到的。於是一等就是九年，對小八來說，一等就是一生。

青青繼續把故事講了下去。後面的故事，我大概也知道一些。

婚後半年她就離婚了，因為兩個人意見不合，實在不合適。結婚前她以為只要拚命努力，就能改變他的家人對自己的看法。結婚後才發現不合適就是不合適，就算她努力工作努力賺錢，也還是受欺負。

戀愛是兩個人的事，婚姻卻是兩個家庭的結合。婆婆說話越來越刻薄，甚至看不起她的父母。她以為老公會多少向著她一些，卻發現老公越來越沉默，越來越不理會她。她忍耐得夠久，跟她媽媽打電話時大哭一場，終於下定決心。

這時她說起，在她結婚前的一個週末，難得休息，她買了狗糧去車庫找點點。

點點卻不見了。

她喊著點點的名字找遍地下車庫，找遍整個社區，終於在社區門口看到幾個少年圍著點點，用石頭塊輪流扔牠。瘸了一條腿的點點根本跑不掉，只能「嗚嗚嗚」地叫，叫得青青整顆心碎成幾片。

她瘋了一樣地衝了過去，聲嘶力竭地喊：「快停下！」

帶頭的一個少年說：「大姐，一隻流浪狗而已，何必如此呢？」

青青用盡全身的力氣推開他們說：「這是我的狗！我的！」

這時點點已經被砸得滿頭是血睜不開眼睛了，可牠知道是青青來了，居然掙扎著站了起來。青青流下兩行眼淚，不顧一切地擋在點點身前，哪怕對方是幾個少年，哪怕自己根本打不過他們。少年們見狀攤了攤手，哄笑著走了。

青青抱起點點，眼淚一滴滴掉下來說：「對不起、對不起……是我懦弱，是我不好，是我沒照顧好你……都是我的錯……。」點點用盡最後的力氣爬到了青青的懷裡，嘴裡「嗚嗚嗚」地叫。可它已經叫不出聲來了，每聲「嗚嗚嗚」都變成了沙啞又輕聲的「嗷嗷嗷」。青青抱著點點泣不成聲。

從寵物醫院回來，青青不顧男友的臉色，自顧自地把點點抱在懷裡帶進了家。

她一邊抱著點點一邊說：「你看，這是姐姐的房間，這是姐姐最愛看的書。」

點點搖搖腦袋，認認真真的樣子，似乎真想記住青青的話。

青青說：「這裡就是你的家了，姐姐不會讓任何人欺負你的。」男友當然不同意點點住進家裡，青青扭頭跟他大吵一架，在門口拉住男友跟他理論。男友最終妥協，可以在儲藏間給點點一個位置，條件是點點必須待在裡面不能出來。

青青欣喜地跑到客廳找點點。

點點卻不見了，她才發現剛才一直忘了關門。這一次，再也沒有找回來。

點點能去哪裡呢？一身傷的點點能去哪裡呢？

她一夜沒睡，找了整整一個晚上。

第二天，保全大哥找到她說：「狗死了，就在早上，死在垃圾堆裡，被當成垃圾拖走了。」保全大哥說得輕描淡寫，轉身走了。

整個世界都不在乎這隻流浪狗，直到牠遇到她。

整個世界都不在乎青青的感受，直到她遇到牠。

後來呢？

抱歉，沒有後來了。

……四……

故事不長，可花了很久，青青才說完這個故事。她眼淚一直止不住地往下掉。

她一字一句地說：「第一次遇到點點的時候，我甚至有點嫌棄牠。最開始的時候，我不過給了牠一根香腸而已，牠就把我當成了這世上最好的人。我真的沒有那麼好，我聽人說，狗在即將死去的日子裡，為了不讓主人傷心，會把自己藏起來，安靜又孤單地死去。我那天什麼都沒有看出來，我以為它像上次一樣，慢慢地傷就好了。」

她接著說：「我再也沒辦法養狗了，因為狗太好了。好到你懷疑自己，到底自己有什麼樣的魔力。我太自私了，我欠牠太多，這個重量可能讓我再也沒有辦法去面對另外一隻狗了。」

我看了看身邊的二筒。養寵物的人或許早晚都有一天要面臨離別，我不知道我到時候會是什麼樣的心情，也不知道該怎麼安慰她。

她看懂了我的眼神說：「沒關係的，我會變成一個更好的人，變成點點愛的那個樣子。」然後她問我：「你家裡有能列印照片的印表機嗎？」

我一愣，說：「有啊，書房裡就有。」

她說：「你想不想看看點點長什麼樣子？」

照片是一張模糊的合照，是在黑夜裡拍的，勉強可以看出來一人一狗。

我問：「怎麼拍得這麼模糊？」

她說：「這是有天晚上我出門去便利商店的時候，讓門口保安拍的。我有個小毛病，視力一直不太好，加上長久以來的挑食，導致輕微型夜盲。點點在和我相處的日子裡可能發現了這個問題，因為我在牠面前摔過一次。後來只要我半夜出門買東西，牠就走在我前面，當我的眼睛。」

我把照片遞了過去，我聽到她喃喃自語。

簡簡單單四個字：「我很想你。」

歲月如歌　曲終人不散

那些發生過的美好的故事　那麼輝煌　那麼耀眼
即使最後故事沒有後續　也不要覺得遺憾

……一……

現在是二〇二二年六月。春天不知不覺過去了，蟬鳴和夏天一起到來。

時間真是奇妙的東西，當你正在度過每一天的時候，你覺得它過得很慢；可當你突然停下腳步，看向過去，看向那彷彿還發生在昨天的故事，卻會不由得感慨一句——原來已經過去那麼久了。

⋯二⋯

簡單地說一下之前故事裡的人，後來都過得怎麼樣。

王辰再也沒有見過甜七，也沒有甜七的消息。我自然也沒有任何關於甜七的消息。王辰後來到底還是在南京扎下根來。

因為疫情，我也只有在二〇二一年的年末見了他一面。

他整個人消瘦不少。我說：「怎麼變成現在這樣？」

他說：「最近非常焦慮，車貸房貸都快還不了。」

我沒說話。

倒是他半開玩笑地說：「當初一直想要來南京，來了發現命運也沒什麼改變。」

我問：「什麼命運？」

他說：「你還記得我是學哲學的吧？哲學裡有一個理論，就是宿命論。意思是無論過去發生了什麼，都是應該發生的；無論未來會發生什麼，也都是應該發生的。**你的命運在你來到這個世界上的那一刻，就已經決定了**。哲學這玩意兒，有時候你覺得它說得對，有時候你覺得它根本就自相矛盾。」

我聽不懂，只好問他：「所以你說的命運到底是指什麼？」

他想了一下說：「我覺得我來到南京了，就可以逆天改命，就可以過自己想要的自由的人生。可你看看這世界上，哪裡有什麼自由呢？一個人年輕的時候，永遠不懂得珍惜當下的生活，只空想著未來一定會更好，結果弄丟了珍貴的東西。」

我稍微聽懂了，問說：「你那時候覺得在南京更能實現你的自我價值，對吧？」

他點點頭又說：「我覺得我那時候可能理解錯了『自我價值』這四個字。」

我聳聳肩，又老半天沒說話。

「你越來越消極了。」這是我道別時跟他說的最後一句話。

我說：「你不能因為現在過得不好，就否定之前的選擇。」

他沉默半晌說：「你覺得呢？」

我沒回答，上了車，直到今天也沒有回答。

小毛同學成了一名還不錯的業餘攝影師。她本來也沒想著能靠攝影養活自己，現在純當愛好。她在上海生活，租房擠地鐵，她說，後來想想，還是覺得上海好。

二〇一七年新書出版時，她專程來找過我一次，跟我說：「如果有異地戀的讀者問你相不相信異地戀，你就回覆說，異地戀重要的不是距離，重要的是人。人對就對，人不對就都不對，兩人都珍惜就能成，一方不珍惜就完蛋。」

於是我又問：「那什麼才是對的人呢？」

小毛同學想了想說：「對的人就是跟你半徑一樣的半圓，你看啊，我們每個人都是一個半圓形，都有著自己的半徑，有的人長，有的人短。對的人呢，就是跟你合在一起，能夠組成一個完美的圓的人。」

我點點頭說：「懂了，按照你這個比喻，感情是一點都將就不得，因為兩個半徑不一樣的半圓組合在一起，那樣的形狀面對生活的道路肯定很多衝突，走不遠。」

小毛同學嘴角一揚，說：「可不是。」

老陳和包子現在依然是我最好的朋友。雖然因為疫情沒法時常見面，但總有些友誼是不會因為不見面就變淡的。這樣的友誼不多，但總還是有的。我們都步入了中年，不再那麼熱血，但依然很珍惜每次能見面的時光。

我後來再也沒見過淼淼。

本來想著二〇一九年跑完活動，二〇二〇年一定要見一面，可是沒見成。她的社群也不再更新，本來分享欲就很低，現在更是不分享自己的生活。她跟我聊天的次數也不多，偶爾聊過幾次，言語中透露出她還是一個人，偶爾還會翻翻星座，也還相信愛情，但不相信愛情會降臨到自己的身上。

劉校文同學在武漢，很掛念二筒。現在遇到了另一半，剛開始新的戀情。我還沒能見到他們，如果有機會，以後再書寫他後來的故事。

青青……離開了北京。她要走的前幾天，約我見了面。

我問：「以後準備做什麼？」

她半開玩笑說：「離異的中年人嘛……就混混日子。」

看我半天沒說話，她笑了說：「我早就想好幹什麼啦，去考執業獸醫師資格證照，可能的話，在老家找一家寵物醫院工作。」

我想她現在應該正在為了考試而奮鬥著呢。祝她得償所願。

蔣瑩同學還是老樣子。疫情的到來，打亂了她的正常生活。二〇二一年六月，我們短暫地聊了一下。她提到前幾天躲在廁所哭，因為她所有的計畫都被打亂，公司運作也出了問題。

她那麼要強的一個人，表面上依然得鼓舞士氣，衝鋒陷陣，可做好的計畫書一個個被退回，談好的合作一個個都取消，讓她也難免崩潰。

我聽到這裡說：「我還以為上次在書裡寫你哭，是你這輩子最後一次哭。」

她說：「老娘也是這麼想的，誰能知道這世道越過越困難了呢。這**人真是越長大，就越要像變形金剛，身子骨得硬，還要能各種變形來適應各種變故**；擁有一種能力還不夠，還要學習下一個；克服一個困難還不夠，還要準備克服下一個……。」

我打斷她說：「變形金剛跟你說的不一樣……？」

她說：「變形金剛到底是什麼重要嗎？不重要。你別打岔。我這段時間反正是搞清楚，生活設法要搞垮你，你真的就不能被它搞垮了。我要跟生活戰鬥，別的不說，我這幾天還感覺到了樂趣。」

我說：「那感情呢？最近有沒有什麼進度？」

她飛速地回了句：「男人？男人是什麼？男人重要嗎？不重要。」

我說：「你之前可不是這麼說的，你還說你有少女心呢。」

她回想起了我寫的故事，想了想才說：「不衝突啊，我有少女心，我期待有個人出現沒錯。但我更知道**感情這件事**，**只能等**，**等不到就繼續等**。反正也是等，那我為什麼不好好跟生活鬥下去呢？」

老唐和任婧，也還是老樣子。真的，完全沒變。

至於小月，這五年來，我並沒有時常跟她聯繫，也沒有跟她約見面。我不知道我能跟她說什麼。只是在二〇二一年去深圳做活動時，我似乎遠遠地看到了她，但無法確定。

王者榮耀這款遊戲，我也好久沒再打開過。

對了，還有韓琪。希望她的生活一切順利。

……三……

其實很多故事的結局，都已經定格在某一個過去的時刻了。往後發生的所有事情，都屬於新的篇章。很多人跟我的聯繫到現在未斷，可有些人早已失散。

或許你也曾經在某段時間內很難釋懷。就好像我曾經總覺得，**每走散一個朋友，我內心的一小部分也就跟著一起走了**。那時我會因為任何一個人的離開而自責，總覺得是自己哪裡做得不夠好，總覺得是自己的錯。

可其實這並不是誰的錯。

倘若生命是一輛列車，那就一定會有人上車，有人下車，有的人跟你同行一段，是因為恰好你們在走向終點的路途中，有這麼一段路重逢。往後他們會轉個彎離去，而你卻必須前行。

沒有誰對誰錯，只是方向不同。

如果你還是覺得難過，那麼在這篇文章的結尾，我想跟你說上這麼一段話。

那些發生過的美好的故事，那麼輝煌，那麼耀眼。即使最後故事沒有後續，也不要覺得遺憾。**因爲曾經遇到過刻骨銘心的人，發生過的熠熠生輝的事，終會在你覺得難熬的時候，兀自閃耀，照亮你前行的路。**

這就是你與美好相遇的意義。

那些發生過的糟糕的故事，那麼痛苦，那麼難熬。那都交給時間。不需要刻意遺忘，也不用假裝堅強。**只要你在能前行的每個瞬間，能鼓起力氣的每個時刻，都能夠往前走一步，就足夠了。時間會保護你，如同大浪淘沙，最後你能夠抓住的，能夠留下的，就是最重要的。**

Part III

人生　把握當下　盡力而為

成為更好的我們

時代變換　我們都是芸芸眾生中的一個
時代的浪潮打過來　我們連站穩的能力都沒有
然而我們總是可以點起一盞燈　點亮屬於自己的房間
屬於自己的天空　就像這世上一定還有很多人
願意在這個無常的世界裡盡力而為

回不去的童年記憶

想念是什麼呢
想念是你自己製造的時光機
你自己給自己放的老電影

⋯⋯

我有兩個奶奶。

從我懂事起，無論是媽媽的媽媽，還是爸爸的媽媽，我都叫奶奶，所以我從小就沒有外婆的概念。後來我才知道，因為我跟我媽媽姓，所以兩個都是我的奶奶。

也因為這樣，童年大部分時間都是在我媽媽這邊住著，記憶裡很少會回爸爸的老家。

我的童年是屬於鄉下的。

小時候家門口是一條泥巴路，再遠點有一座小山。小山腳下住著幾戶人家，院子裡種著小菜。不遠處還有幾片田地，到了秋天便是一片金黃。我的樂園是泥巴路另一邊的小沙地，我和幾個小玩伴聚在這裡玩彈珠，直到黃昏到來的時候，才意識到時間被偷了個精光。

這時候的街道邊最是熱鬧，老爺爺們騎著自行車賣糖葫蘆，賣棉花糖，所以我總會繞個路回家。路上的阿姨大嬸都認識我，笑著跟我打招呼。等到天氣最熱的時候，我還會跑到家裡，拿切好的西瓜送給她們。她們總會摸著我的頭，誇我乖。

只是小鎮也就那麼大，熱鬧的地方也就那麼多。雖然那時候我很小，但這麼一路下來，最多也就會花一個小時而已。

所以偶爾還是會膩，在小鎮待得久了，就想去我爸的老家看看。

我爸的老家在一座小島上，得先坐一艘大船，我喜歡站在欄杆邊，吹著風看一望無際的長江，想著長江的滾滾流水到底會流去哪裡。到了島上，就跟著長輩們去江邊捕魚，再趁他們不注意時玩泥巴，把自己弄得滿臉髒。

那時候的我站在江邊，還喜歡做一件事，就是張開自己的雙臂，假裝自己可以飛翔。風吹過臉頰，用力吸上一口，可以聞到類似雨後泥土的味道。有時候我還會邂逅一隻小螃蟹，牠們最喜歡藏在石頭裡。

所以我喜歡這裡。

我爸呢，一回到自己老家，就會說起他跟我媽談戀愛的故事。他總是說有一個小小的碼頭，坐落在這座小島的西邊。那時交通不便，還沒有渡輪，要去另一邊的小鎮，只能坐漁船。所以我爸想要見到我媽，就得要早起，拜託漁民把他帶到對岸去，然後立馬跑到小鎮找我媽，兩人沿著鎮裡一起散步，一下子回去的時間就到了，只好再坐漁船回來。

這時的我媽總樂呵呵，笑容掛在臉上說：「你看，我就說是你爸先追我吧。」我爸說：「不是不是，這只能證明我們是自由戀愛，沒有誰先喜歡誰。」我媽倒也不爭辯，只是對我說：「你看我們多洋派呀。」

這個碼頭的另外一邊，住著我奶奶。

…二…

其實我對奶奶的回憶，並沒有多豐富。因為年紀小，去的次數也沒有那麼多。即使是在我很小的時候，奶奶也已經滿頭白髮了。

我爸是家裡最小的孩子，我大伯比他大了將近二十歲，奶奶四十三歲的時候，才生下我爸。於是自我懂事起，奶奶便已經老了，彷彿她生來就是老人。

偏偏小時候的我又貪玩，到了小島就放飛自我，總是沒能跟奶奶好好說幾句話，就一溜煙跑得沒影了。

我說句：「奶奶好。」

奶奶笑著說：「浩浩好。」

打招呼的時候，我總是不會多說一句話。

等到我在外面玩夠了，也到該吃晚飯的時候，我才想起得回家了，一溜煙地向著家的方向跑。這時候的奶奶坐在門口的椅子上，看到我的身影，還隔著老遠就開始喊：「浩浩回來啦，趕快來吃飯，我們這裡的魚都是剛撈起來的。」

吃過飯，一大家子就嗑起瓜子，聊一些我聽不懂的事情。我又開始覺得無聊，就拉著跟我差不多大的孩子們去外面。等我再次回到家的時候，家裡依然熱熱鬧鬧，大伯二伯跟我爸依然喝酒說著話，這時我總能看到這樣的場景：我奶奶依然坐在一邊，一臉笑容卻不說什麼話，也插不上什麼話，偶爾有個關於她的話題，她就笑呵呵地接上兩句，想要繼續說些什麼的時候，話題已經離開她了。

我不知道為什麼，看到這樣的場景就會覺得很難過，才終於想到應該跟奶奶說說話。於是我奶奶總是問我：「今天的魚好吃嗎？」我點點頭。

奶奶又接著問：「成績怎麼樣？」

我拍拍胸脯，自豪地說：「特別好。」奶奶就摸摸我的頭。

…三…

我又長大了點，道別小鎮，搬去了市區。小鎮都很少回去，那座小島就更少去了。我再也沒有看到那輛賣糖葫蘆的自行車，再也沒能坐在院子裡的臺階上看偶爾路過的螞蟻。

偶爾有那麼幾次，回到小鎮，卻發現小鎮慢慢地變了樣。泥濘的小路變成了柏油路，遠處的小山即將被開發成一個旅遊景點，小山下住的家家戶戶都不見了，那些院子也不見了，再不見那蜿蜒的樹藤。家家戶戶裝起了空調和大螢幕的彩色電視，近處蓋起了新的高樓，田野被趕到了遠方。

到了夏天，也不再會有螢火蟲，阿姨們也不再坐在門口了。走在路上，好像已經沒有人會跟我打招呼了。

而小島，卻沒有怎麼改變。也許是因為所處地理位置很難開發，這些年小島的改變，似乎更集中在去往小島的交通工具上。擺渡船更新換代了好幾次，為了停靠更大的輪船，碼頭也重新修繕了好幾次。

好在碼頭邊的蘆葦還在，風一吹就開始搖曳，我張開雙手，還能聞到雨後的泥土味道。每當這時我就覺得開心，因為還能找到童年的味道。

奶奶也還是一樣，在天氣好的下午坐在門口曬半天太陽。等到天黑了我回去的時候，她才自己把椅子慢慢挪回去。

有一次我回去晚了，奶奶還坐在門口等我，我趕快說：「奶奶，天黑了，快進去吧。」

奶奶卻不搭話說：「浩浩回來了，來我們去吃飯。」

吃完飯還是一個人坐在椅子上，笑呵呵地聽著我們說話。

她也還是會問我：「魚好吃嗎？」我點點頭。

我以為她會接著問我成績，可沒想到她又問了一遍：「魚好吃嗎？」

我說：「奶奶你問過啦，好吃。」

那時我覺得奶奶一下子變得更老了，整個人像是縮小了一圈，說話也不太順。這之後的一天，我爸告訴我，奶奶年紀大了，開始老年癡呆了。

我問：「什麼是癡呆？」

我爸說：「就是會變回小孩子的樣子。」

我突然意識到，奶奶不知不覺被時間改變了，那麼這座小島又怎麼可能沒有改變呢？以前吃完飯，大家還會一起熱熱鬧鬧地聊天，喝多了再各自回家睡覺。奶奶就算插不上話，也總還能在旁邊聽著。後來我們吃完飯聊天要計算時間，聊不了幾句就得走，怕趕不上回去的那艘船。

大家都搬出去住了。大家都離開這座小島了。

這裡的年輕人越來越少，這裡的孩子也越來越少。

我還記得這座小島上原本有一所國中，學生們放學了會路過奶奶家門口，也會笑著跟奶奶打聲招呼。那麼，到底是從什麼時候起，那所國中也不見了呢？

我不知道。

後來連我自己都沒意識到，隨著年齡的增長，學業變得更加繁重的同時，我的目光也不再聚焦在從前，那座小鎮轉眼被我拋諸腦後，小島也是一樣，我也沒有那麼想奶奶了。

我更想去看看外面的世界，看看別的城市是個什麼模樣；那空氣裡的泥土味道不再吸引我了，黃昏的時候也不覺得有什麼特別的。

我不再去捕魚，不會再讓自己的衣服沾到泥土，也不會再去江邊吹風。我不再撒嬌讓我爸帶我回去看看了。逢年過節再次回到小島的時候，我對這座島的印象也變了。

沒有電腦，手機信號不穩定，電視裡只有那麼幾個無聊的電視臺。於是我待不了多久，就吵著要回市區。這個地方太無聊了，那時的我想。

再後來，一般的節日也不回去了，就只有暑假的時候回去一次，接著便是大年初一。一年裡的這兩天（有時是三天，元旦也只回去一天）是我僅有的能夠見到奶奶的日子。

大年初一也成了這座小島最熱鬧的日子，或許也是唯一熱鬧的日子。因為長大後的人們無論去了哪裡，到了春節總會回到自己的「家」。

不過，這些熱鬧都與奶奶無關，她只是一如往常，一個人曬半天太陽，什麼話也不說。大伯二伯有時候會提起關於奶奶的話題，想讓她多說話，可奶奶已經聽不清大家在說些什麼了，總要重複好幾遍，才能聽懂大概的意思。

可只有我，只有我喊奶奶時，她可以立馬聽到，然後說：「浩浩，你回來啦。」

我點點頭，說：「回來啦，奶奶好。」

電視臺放著特別節目，我們也不想到外面逛，就在屋子裡一邊吃著瓜子，一邊聊聊家常。這時候我爸想讓奶奶進來熱鬧一下，但她還是不肯。吃飯的時候，她好像也沒法再坐在我們身邊了，因為吃飯時坐的椅子很硬，她的身體受不了。於是我們便輪流端些菜給奶奶，奶奶默默地接過去，默默地吃完，再默默地等我們把盤子收回去。

吃完飯，又是大年初一，我們便開心聊天，我看到奶奶一個人站了起來，對我們說：「我先上樓睡覺去。」一個人默默地離開我們，離開這她無法融入的熱鬧氛圍。

奶奶很高，真的很高，人們說她年輕的時候，比島上所有的男人都高。可我看著奶奶上樓的背影，覺得她一點也不高，她變得越來越小了，上樓的時候像個剛學會走路的孩子，每走一步都小心翼翼。

她再也沒有問過我——浩浩，魚好吃嗎？浩浩，成績怎麼樣？

再也沒有過。

…五…

時間一晃而過，又過去好幾年。到了二〇一四年的元旦，想著好久沒回去，爸媽帶著我回了趟小島。

院子裡再也見不到奶奶的身影了，即便太陽依然掛在天空的正中間，因為她受不了這該死的冬天。她開始完完全全一個人生活，像例行公事一般吃飯、睡覺，好像生活裡的一切都跟她再也沒關係了。

只是她還能聽到我的聲音。

我說：「奶奶好。」

她說：「浩浩回來啦。」

我忍著眼淚說：「嗯。」

我爸說：「你多跟奶奶說說話。」

我說：「奶奶，您孫子現在很厲害，在寫新書呢，有機會帶來給您看。」

奶奶一臉笑容地看著我，我想她大概已經聽不清也弄不明白我在說什麼了，只是隱約覺得她孫子在跟她說好消息。我突然想起我小時候，也是這麼跟奶奶說話，然後從身後變出一張獎狀。

但那樣的對話，也已經過去很多年了。

這些年，我逐漸跟奶奶變得生疏。因為許久沒法見面，也因為沒有從小在一起。可每年過年還能看到奶奶，就覺得一切都好，一切都還很好。只要奶奶還在，我總覺得這個地方，還有再回來的理由。只要奶奶還在，那些童年的回憶，就不會澈底地離我遠去。

我希望不管是好的壞的，都能留在生命裡，一個都不要走，一個都不能少。

過沒幾天，我就得離開張家港了。我說想要在走之前再去看看奶奶，但最後還是沒來得及回去一趟。那陣子事情太多，最後匆匆忙忙趕到上海的時候，差點誤了飛機。

我爸在我上飛機前給我打了電話說：「浩浩，下次帶個女朋友回來。」

我爸一說這個話題我就煩說：「有什麼好催的，這種事情都得看緣分，你看你跟媽媽不是自由戀愛的嘛。」

我爸說：「不是給我們看的，是給奶奶看的。」

我心一沉，隱約覺得有些事情可能快來了，可我不敢想。不敢想，因為總覺得這種事情沒有解，只會變成心裡頭的刺。

後來到了國外，又開始忙碌，加上奶奶不會用電話，我們之間的聯繫，又突然間斷了開來。

直到二〇一四年十一月十三日，我再次坐上回家的飛機。下飛機時我沒有看到爸媽，只看到了一個還算面熟的叔叔。

他接到我後半晌沒說話，我問：「我爸媽呢？」

他沒有回答我，只是說：「你奶奶今天走了。」

我大腦「嗡」的一下，突然間一片空白。今天？是我在飛機上的時候嗎？

我想哭，可是我一滴眼淚都沒流。

直到葬禮那天，直到葬禮結束，我都沒有哭。送葬時，我第一次看到我媽媽哭得那麼傷心，而我爸跟大伯、二伯三人都一言不發，默默地走在隊伍的前頭。我看著我爸的背影，突然間意識到，我爸爸沒有媽媽了。我低下頭，什麼也沒再想，就這麼跟著隊伍一路走到殯儀館。

真到了這個瞬間，我反而覺得眼前的一切都不像是真的。

我覺得我應該想些什麼的，說些什麼的，做些什麼的。可我什麼都想不到，什麼回憶都沒有，大腦的某個機能就像是在那個瞬間也一同死去了。

葬禮結束，在大家離開殯儀館的時候，我終於想到了自己要說什麼。可我也只能在心裡默念一句——奶奶好，對不起，這麼多年一直沒有好好陪您。沒有回答。我想了一會兒，轉身走向離開的隊伍。我依然沒有哭。

兩個月後，我準備再次離家，我跟我媽說要出門買點東西。其實我也沒有什麼東西一定要帶，就是想在外面待一會兒，等到商場要關門時，我才走到車庫，開車想要回家。

這時我的腦海突然冒出了一個念頭——要不要去碼頭看上一眼？於是我一路向著我們這座小城的邊緣開去，沒多久就到了目的地。碼頭沒開。當然沒開，其實我心裡清楚，清楚這麼晚了，即便是到了這個碼頭，也去不了對岸。可我還是來了。

下車後我走到碼頭邊，向著對岸望去，但看不到那座小島，我想大概全世界的人除了我們，也沒人知道在長江裡，還有這麼一座小島。那座島上有蘆葦蕩，到了春天漫山遍野的花都會盛放；那座島上有我的回憶，有我爸的回憶，雖然有了輪船，但那些漁船依然在那裡；那座島上偶爾還會飛來一些螢火蟲，島邊的泥土地裡，你翻開一塊石頭，還能找到小小的螃蟹。

那座島上還有那麼一戶人家。那戶人家裡本來住著很多人。只是後來孩子一個個都搬走了。再後來就只剩下一個老人還住著。

最後，那戶人家裡的最後一盞燈也熄滅了。我的奶奶去世了。這時候我默默地衝著對岸鞠了個躬，我大腦死去的那一塊活了過來，所有的回憶都湧了上來。

我每年過年都會跟奶奶打招呼，說一句「奶奶好」；我每次看到奶奶的時候，她總是坐在那把椅子上，不知道那把椅子現在去了哪裡；還有奶奶上樓時的背影，一步一步小心翼翼的步伐，我看著她，看著她每走一步，就變小一點。

還有那些對話，那些聲音。

奶奶說：「回來啦。」

奶奶問：「成績怎麼樣？」

然後我變出「三好學生」的獎狀，奶奶就總會笑出聲來。

我又想到我原本應該好好安排時間的，這樣就能臨走時再回一趟小島看看她。我原本應該訂早一班的飛機，早一點回來，這樣我就還能聽到她回應我，見最後一面，可是什麼都來不及了。

我回到車上，突然間號啕大哭，我終於哭了出來。

…七…

想念是什麼呢？想念是你自己製造的時光機，你自己給自己放的老電影。

可你沒法跟記憶裡的那個人說話，所以只能等電影放完，在深夜對自己說話。

我終於明白，**這世上眞的存在「來不及」。來不及就是再也沒有辦法面對面地跟那些人說話了。來不及就是等你終於開始痛哭的時候，一切卻都回不去了。**

生離死別。一別，便是再也不見。

奶奶，魚很好吃。

奶奶，我畢業很久啦，成績特別棒，別擔心。

二〇一六年十一月十二日。您離開我快兩年整了。如今我走過很多地方，也算是看過世界遼闊，卻依然覺得故鄉最好。就像你看遍了銀河，也依然獨愛你鍾愛的那顆星。

小島也終於躲不過被開發的命運，那棟奶奶曾經住過的小房子被拆了。聽說小島上蓋了個高爾夫球場，變得越來越好了，我還沒有時間回去看看。

可我想念小島最初的樣子，想念那個被廢棄的碼頭，想念那裡停著的漁船，想念那所消失的國中，想念還能打滾的泥地，想念那閉上眼睛能聞到的泥土味道，想念地上偶爾出現的一排排的螞蟻，想念那時在晚上回去的時候，還能跟您說上一兩句話的我自己。

最想您。奶奶。

別垮　別被生活打垮

月亮依然是那顆月亮　它忙著圓缺
總是不停歇　卻又從不缺席
可那個地方的人卻不再是曾經的人了

⋯一⋯

我第一次見到李富貴是在二〇一七年年底。

在一次平常無奇的聚會上，朋友找來了另一個朋友，大家組了一局狼人殺。但是很快地叫他來的朋友就後悔了，因為李富貴根本就不會玩，第一局上來就自曝了狼人身份，一臉天真地用四川口音問遊戲的主持人：「我是狼人嗎？我要怎麼殺平民呢？」

主持人一臉無奈地看著他說：「你用手指指就行。」

李富貴撓撓頭說：「哦，這樣啊，對不起。」

後來他好不容易弄懂了遊戲規則，可遊戲依然進行不下去。因為狼人殺這個遊戲的精髓就在於騙人，當你的身份牌是狼人的時候，你得讓平民相信你是預言家，相信你有特殊身份，相信你是個好人。而輪到再次拿到狼人牌的李富貴發言時，他臉漲得通紅，半天就憋出一句：「我是個好人。」

鬼才信你啊！所以遊戲沒玩多久就散了場。

散場前我聽到幾句竊竊私語說：「你怎麼找一個不會玩的人來啊？」

另一個人說：「這麼臨時，我也找不到別人啊。」

「這人到底誰啊，你怎麼認識的？」

「我老同學啊，人很好的！」

我正在等車，聽得出語氣裡的某種嫌棄。然後我扭頭一看，李富貴就站在我後頭不遠的位置。我能聽到的，他肯定也都聽到了。他又搔搔頭，憨憨地笑了笑。

…二…

我後來才知道，李富貴那不標準的普通話不是四川口音，而是貴州口音。雖然我到今天也沒能分清這兩者的區別。

我原本也以為我和這個怯生生的陌生人不會再有什麼聯繫。後來的聚會上也沒再出現他的身影，再後來我也不怎麼參加聚會了，或者說，到後來，我跟自己的好朋友們也沒辦法常常見面了。

我跟李富貴的第二次見面純屬偶然，那是二〇一八年八月的事。

那天我有事去了趟望京，事情忙完剛巧趕上交通高峰，一下樓看著眼前堵塞的交通就覺得頭昏眼花。我看了眼導航，還需要兩個多小時，那還是在附近逛逛好了。

本想去商場，但不知怎的，到了商場門口又覺得還是去別的地方好了。我就這麼越走越偏，越走越遠，直到拐進一條小路。眼前出現了一條熱鬧的小巷，路邊是各色小攤，烤冷麵、毛雞蛋、臭豆腐，各個紅底黃字的招牌爭先恐後地閃著光，只可惜路不太好走，每走幾步都是坑窪。

這條小巷的正中間，是一座看起來搖搖欲墜的舊石橋，石橋下是幾乎一動也不動的死水，沒有一點漣漪，唯有幾個破舊塑膠瓶宣示著這裡的河水還在默默流淌。再往前走，就能看到好幾戶人家，房子與房子擠在一塊，門口的電動車也連成一線，每輛電動車上都有外賣的標誌。

我買了烤冷麵，吃了口水煮蛋，慢悠悠地向著巷子深處走。一家小餐廳吸引了我的目光，主要是因為這家店的名字是「深夜食堂」，走近一看，這裡生意還挺不錯，總共也就六張桌子，坐得滿滿的。

我就是這樣在門口遇見了李富貴。

「歡迎光臨！」他說，接著皺起眉，像是在想什麼，又展開了笑臉說：「巧了，我們見過！」

我一時間沒能反應過來眼前的人是誰，直到他又不好意思地撓撓頭說：「上次我們一起玩了幾次狼人殺，我玩不好，給你們添麻煩了。」我的第一反應是有些不知所措，說真的，我很少在生活裡聽到「給你們添麻煩了」這樣的話，也沒想到他居然記得我。

見我沉默，他立刻又招呼我，說道：「來，快進來，我挪個位置出來給你。」說完馬上叫人從裡屋拿出一張小小的折疊桌，又拿出兩把凳子，我只好跟著坐了下來。

我問：「這家店是你開的？」

他說：「剛開半年多，以前我都是去打工，現在算是能為自己忙了。」

他又問：「喝點啤酒？」我點點頭。

又看了眼招牌說：「深夜食堂這個名字不錯，你是看過那部日劇嗎？」

他笑著說：「哪看什麼日劇，也忘了是從哪裡聽到這個名字的，覺得不錯。我們店營業到三四點，叫深夜食堂剛好。」說完他又笑了，露出兩排牙說：「我這個人沒讀什麼書，別介意。」

我又有點不知所措，這樣的對話不常出現在我的生活裡，所以不知道怎麼接話，就拿起啤酒喝了一口。他也就站起來招呼別人去了。

飯吃到一半，他又來了，拿著一瓶啤酒，旁邊站了個女孩。

他說：「口味合適的話以後常來，這是我老婆，我能開這家店多虧了她。」

女孩笑著說：「要是貴州菜吃不慣，我們這兒還有燒烤。改天你如果中午來，可以吃到餃子和餛飩。」

我問：「這裡還有餃子和餛飩呢？」

李富貴說：「她是東北人，她的拿手好菜。」

我突然意識到了隨即開口問：「你們營業到凌晨三四點，中午又開張賣餃子餛飩，那你們什麼時候睡覺啊？」

李富貴樂呵呵地說：「早上睡，十點起。夠睡，不影響。」

我看著他的眼睛，裡面寫滿了熱情和希望。

我點點頭，笑著說：「那就祝你生意興隆。」

…三…

後來，我酒過三巡，也放開了許多，晃晃悠悠地跟他們話起家常。

我說：「菜好吃，沒想到你的手藝這麼好。」

他有些不好意思說：「以前沒好好讀書，就愛研究做菜。」

老闆娘在一旁搭話說：「這叫天賦。」

李富貴說他沒好好讀書，其實是他沒辦法好好讀書。他說小時候自己是個留守兒童（父母外出工作，小孩留在老家請家人看顧），爸媽都出外打拼，身邊的人根本就沒把讀書當回事，他老爸倒是勸過他，只是畢竟不在身邊。他就想著，爸媽在外地賺錢辛苦，到家還得照顧他。有年春節他看著媽媽滿臉疲憊，還得忙裡忙外，心想自己幫不上什麼忙，就開始學做飯。

於是，他十歲就第一次下廚，最開始炒的幾個菜都糊了，他心疼得不得了，默默流眼淚。奶奶從田地裡忙完農活回來，看到李富貴的臉上全是黑灰，反倒樂了說：「沒事，蔬菜，田地裡還有。」

也就過了幾個月，李富貴的廚藝就開始飛速進步。

他說到這裡，又不好意思地笑了，這種標誌性的笑容在這之前我很少見到，在這之後也很少見到，但李富貴臉上卻常掛著這樣的笑容。

「宮保雞丁是貴州菜，那是我學會做的第一道帶肉的菜。」他說。「不過當時殺雞的時候，我又哭了，畢竟我也是看著牠長大的。」這句話把我們都逗笑了。他老婆更是笑得前仰後合。李富貴搔搔頭，好像不知道大家在笑什麼。

十六歲的時候李富貴輟了學，隻身一人來了北京。那時候他想著，未來的某一天一定要開一家屬於自己的店，他覺得自己二十六歲時一定能實現這個夢想。哪裡知道實現夢想的道路遠比他想像中更長。

「你不是不知道你到底能給她什麼嗎？給她未來！給她時間！給她愛！把你所有的一切都給她，通通都給她！我看你就是怕了，就是懶，就是不想承擔責任。我是個鄉下人，別的我不懂，我就知道她陪你吃苦，你就應該給她一個家，就應該承擔起你的責任。」

說完他老爸走到房間，拿出了一本舊存摺，摔到李富貴面前。

「這是你媽跟我這些年存的錢，」他說，「不多，但應該夠了。」

李富貴顫抖著拿起存摺，看著他，一句話都說不出口。

父親坐了下來，喝了口水，靜靜地看著李富貴，輕聲說：「你想做什麼我都知道，你瞞不住我。前幾天你魂不守舍的樣子我也看到了，你跟十七打電話的事我也知道。掛完電話你哭的事我也知道，一個男人，哭成那樣。十七說什麼我也都猜得到。你是個男人，未來在你自己手裡，再說，我對你有信心。你媽對你也有。還有你奶奶，隔壁老徐、老王，還有你那國中老師，你還記得吧，我們對你都有信心。你啊，從小就很懂事，就偏偏不懂自己。」

父親說到這裡，眼眶都紅了，又喝了口水，沒再說什麼，起身走了。李富貴講這段往事的時候，眼裡也泛著淚。我看了眼十七，她正偷偷地抹眼淚。

我剛想說話，李富貴又開始了，不好意思地跟我道歉說：「唷，喝了點酒，又覺得投緣，沒想到會說這麼多，你別介意，我們就是這樣，想到什麼就說什麼，也不管別的。」

我說：「這家店生意一定會越來越好的。」

他說：「有十七幫我，一定會的。」

十七說：「我也不想這家店能有多好，也不求什麼，就希望來這裡吃飯的人啊，都能吃飽了回家。」

⋯五⋯

二〇一八年呼嘯而過，轉眼到了二〇一九年。

二〇一九年我忙著自己的事，很少見到他，但他每逢節日，總會傳訊息給我。我出了《時間的答案》之後，給他寄了一本，也沒期待會有什麼回應，因為我寄出去的書很多，但幾乎沒有什麼人會專門為這件事回饋。

可李富貴在幾天後給我傳了讀後感，寫滿了手機的一整個螢幕。

我找他喝了次酒，深夜食堂這家小店的生意依然紅火。我當時想，以後應該能有機會經常見面，以後這家店一定會被越來越多的人知道。

時間走到二〇二〇年。對大部分人來說，這是一個不美好的一年。一個所有美夢都破碎的年份。

對李富貴來說，也一樣。

…六…

二〇二〇年十月。我去出版社開會，順道又去了一趟深夜食堂。

那條小巷沒有什麼變化，依然跟以前一模一樣，只是月光照在路上，顯得路面更凹凸不平。深夜食堂依然紅火，六張桌子坐滿了人。

李富貴老遠就看到了我，一臉笑容地跟我打招呼。

「好久沒來了吧，快來坐，」他說，「這麼久沒見，你氣色還是跟之前一樣，那就好那就好。」

我說：「最近過得怎麼樣？」

李富貴撓了撓頭，說：「還行，還行。」

其實李富貴過得並不好。

我不用聽他說我都知道。他整個人給人的感覺，就像是剛從下水道裡爬起來似的。頭髮大概幾個月沒剪了，臉上也莫名凹陷了好幾塊，眼睛裡都是紅血絲，一看就知道已經有很長時間沒睡好了。

我想他大概是從二〇二〇年的第一天開始，就再沒能睡好過。將近半年不能開張，對任何行業來說都是致命的打擊。李富貴自己開的這家小店，能撐到現在就已經是奇蹟了。

我在去見他之前，就接連收到了好幾則訊息，都是我曾經很喜歡吃的店、曾經經常去的艾灸所、曾經辦過會員的書店發來的停業消息。那幾個月，我不記得我跟多少人說過這句：「江湖再見，好好生活。」

其實我本以為這次見不到李富貴的。十七從後面廚房走出來的時候，我看她很像是剛哭過一場。她一見到我，就立刻擺出了笑容，看起來是不想讓我擔心。這種笑容我也見過多次，我在淼淼的臉上見過，我在小毛的臉上見過，我知道她們表達的意思都是一樣的：「我很好，真的，我很好，別擔心。」

所以我沒能說出點什麼，確切地說，我什麼都沒說。我只是一邊吃著飯一邊看著門外，看著外面的每個人為了生計而奔波，想著這條看起來毫無變化的小巷，這些日子送走了多少人。

結帳時，我跟李富貴說：「你們這裡的菜可以漲漲價，我想大家都不會介意的。」

李富貴慌了神，馬上說：「這怎麼可以，你放心，我們沒問題的。」

我自覺說錯了話，連忙道歉說：「你的手藝，真是一點都沒退步。」

他笑著說：「那以後常來。」我點點頭。

臨走時李富貴說：「思浩，別被打垮，別被這該死的生活打垮。你繼續寫書，繼續寫更好的書。」

我說：「會的，你也別垮，我跟所有人一樣，對你，有信心。」

…七…

李富貴從來不開口求人。即使在他最困難的時候，也沒有，他後來說，那是他從《平凡的世界》裡的孫少平身上學到的。

他唯一一次給我類似求助的訊息，是深夜食堂倒閉的那天。

這一天，已經是二〇二一年十月了。他不知道拿那些桌椅怎麼辦。我收到他的訊息，第一時間趕到了那條小巷。李富貴無助地站在門口，看著門上貼的「轉讓」的告示。

我問：「轉出去了嗎？」他搖搖頭。

我說：「那怎麼辦？」

他無聲地歎了口氣說：「沒人接手，也只能直接關閉了。少虧一點是一點。」

我說：「未來還長，你的手藝還在，會好的。」

其實在我說出這句話的時候，我自己都覺得很無力，可我實在不知道該說什麼。十七走了出來，看著深夜食堂的招牌，幽幽的說：「以後也不知道什麼時候才能再撐起這塊招牌了。」又說，「也沒辦法，疫情搞得大家都沒辦法。你呢，你那邊怎麼樣？」

我說：「我還好，還是有一些人會買書的，實體店沒了，還有線上。」

十七說：「那就好，要是你也撐不下去了，我們就更難過了。」

我笑了笑，想說些輕鬆的話，便說：「你們一定也可以的，我還等著哪天再吃你們做的菜呢。說真的，從今天起，我就再也不吃貴州菜了，我就吃你們做的。」

李富貴笑，說：「那你可能得很長一段時間吃不了貴州菜嘍。」

我說：「我估計就幾個月。」

李富貴說了句：「可能得好幾年了。」一時無話。

我好不容易才再次打破沉默問：「真決定離開北京了？」李富貴點點頭。

我說：「我查過了，銅仁也有機場，我一定會去看你的。」

李富貴說：「你來，我一定去接你，雖然我家離機場有點遠，而且我也不一定能在銅仁市區裡住著。」

我拍了拍李富貴的肩膀說：「說什麼呢，你肯定能在市區住著。依你這手藝，絕對是稀有人才。稀有人才有時會遇到困難，但到哪裡都站得住，站得穩。」

李富貴突然眼眶一紅，半晌說不出話。

我不知道自己是不是說錯了什麼，可也只能等著他再次開口。時間不知道過去多久，他突然說：「你這話跟我爸說的，一模一樣。」說完他就哭了起來。

我想再說些什麼話，十七把我拉到一邊說：「讓他哭會兒，這兩年他是怎麼過的我最知道，讓他哭會兒，他一直都沒辦法像這樣哭出來過。」

我說：「這些日子，你一定也很難過吧。」

十七說：「我還好，我真的還好。富貴就喜歡什麼事情都自己扛著，跟他比起來，我根本就不算受過苦。你知道嗎？就前幾個月，我們真的一塊錢都拿不出來了，他還是一點都不會讓我餓到。我不知道他到底做了什麼，才能在每天回家的時候，變出那麼些吃的來。而且鄰居也都會幫忙，他們自己的日子都不好過了，但還是會留點菜給我們。富貴嘛，你知道的，無論是菜葉子，還是菜梗，他做的，都好吃。」

我聽著十七這番話，突然想起富貴他爸跟他說的那番話：「她從來不覺得自己是在吃苦，就因為能跟你在一起。」

我說：「富貴有你，就是他這輩子最大的富貴。」

十七聽了也眼眶一紅，沉默半晌，才說：「我只希望他可以平平安安，就像孫少平和孫少安的名字一樣。」

那天的後來，我幫他們找了輛貨車，先把桌椅弄到一個倉庫。

那天的後來，我們喝了會兒啤酒，說了很多很多話。

我記得他說：「不知道為什麼生活會變成現在這個樣子。」

我記得他說：「哎呀，一家店說沒就沒了，跟做夢似的。」

我記得他說：「以前覺得夢想要十年才能實現，現在想想，可能得三十年，四十年。」

我記得他說：「但我覺得你們說得對，我要相信自己。」

我還記得他說：「我看了你的《時間的答案》，你不是說，**每個人都是倖存者嘛，我覺得我還能活下去，我就是倖存者，倖存者就得在廢墟裡，一點一點重建自己的人生。**」

我說：「你有這樣的信念，就足夠了，真的。世事無常，唯有前行。」

我們一路走了很遠，從那條小巷走到瞭望京ＳＯＨＯ，又一路走到地鐵站。

他說：「送君千里，終須一別。我沒讀很多書，但這句話我知道。我覺得我們也該就此一別了。」

我說：「你總說自己沒讀書，但我覺得，你什麼都不缺，富貴。」

他說：「以後我會在貴州某個城市等你新書上市，等著我們那裡的書店有你的書。」

說完他又說：「別垮，別被生活打垮。」

我說：「你也是，別被打垮。我對你，有信心。」

於是，就此一別。

…八…

其實我一直不知道該怎麼寫李富貴的故事。因為他的故事很長，很難用寥寥幾筆寫出來；因為他的故事跟我之前寫過的故事都不一樣，**多了很多生活的難，那些無解的難**。

時代變換，我們都是芸芸衆生的一個，時代浪潮打過來，我們連站穩的能力都沒有。

李富貴後來回了貴州，回了銅仁，但他始終沒有告訴我，那家深夜食堂有沒有以另一種方式重新開張。

我在二〇二二年六月八日，又去了那條小巷。那裡已經不是我記憶裡的模樣了，也不過是短短一年的光景，又蕭條了很多。

月亮依然是那顆月亮，它忙著圓缺，總是不停歇，卻又從不缺席，可那個地方的人卻不再是曾經的人了，人們也不停歇，卻都悄悄缺席。

我走到曾有那家店的地方，那裡開了另外一家餐館，門口貼著另外的招牌。老闆跟我打招呼，問要不要進來吃飯，我擺擺手，笑著說還不餓。我瞥見門口的紅色菜單，旁邊寫著「供應早飯」。

我突然意識到，這家店的老闆，大概也是為了能夠生存下去，不得不犧牲自己的睡眠。這座城市，有著無數不得不犧牲自己睡眠的人。

我不知道他們有多少人能夠在這座城市扎下腳跟，也不知道未來會發生什麼，就好像二〇一九年的時候，我覺得那已經是最苦、最艱難的一年了，可二〇二〇年來得那麼猝不及防，像是一場地震，直到今天，我們依然沒能從餘震中走出來。

或許二〇二三年會更艱難，又或許二〇二三年會真的好起來。

沒有人有答案。

我沒有。

十七沒有。

李富貴也沒有。

可對另外一個問題，他們有答案。**就算生活是一片廢墟，也要從廢墟中重新建造起自己的高樓來**。李富貴一定還在這個世界的某個角落裡為了生活而努力，而十七也一定陪在他的身邊，一起奮鬥著。他們一定還深愛著彼此，他們也一定認真地對待著生活，善良地對待著客人，溫柔地對待著朋友。

「**別垮，別被生活打垮**。」這句話是他送給我的。

我也送給每個讀到這裡的你。

普通人的勇氣

我們能從一場變故　一場災難中走出來
就是因為有許許多多的普通人　願意鼓起那麼一份勇氣

……

二〇一七年元旦，我跟朋友去武漢跨年。那年我們先去了東湖，又去漢口的江邊，還去了一趟武漢大學。那是孤陋寡聞的我第一次知道，原來中國除了西湖，還有一個東湖。

小傑說起東湖的時候一臉自豪，說那是因為我們武漢人低調，不想搶了西湖的風頭，我們東湖可一點都不比西湖差。

我坐在湖邊的椅子上，默默拆了朋友給我帶的周黑鴨，吹著風，喝著啤酒，啃著鴨脖，看著夕陽逐漸染紅湖面，就這麼迎來了二〇一七年的第一天。

二〇一九年，我出版新書《時間的答案》，開啟新一波的簽書會行程。光穀廣場好像在改建，一時間只看到各種挖掘機器，我心裡有些感慨，因為在我的認知裡，光穀廣場本來就已經很便利了，也是很熱鬧的地方，現在又要進行改建，不由得覺得城市的發展永遠日新月異。

簽書會前我見了武漢的朋友，他照例帶了一盒周黑鴨給我。

他說：「上次你來的時候還是二〇一七年，現在都二〇一九年了。當時婧婧還沒有結婚，現在她都懷孕了，所以這次就沒辦法來看你。」

我擺擺手，說：「沒關係，有的是機會。」

那天我還見了很多武漢的讀者，說了很久的話。

由於我幾乎每次出書都會去武漢做活動，久而久之也跟一些讀者熟悉起來，雖然我叫不出他們全部的名字，可是見了面就能認出來。我記得當時簽名的時候，給其中的一位讀者簽了一句話：「明年見。」

我抬頭說：「等我出下本書，有機會還會來武漢，我們到時見。」

時間悄然走到二〇二〇年。一夜之間，我們所熟悉的生活被徹底打亂。

……二……

我們有一個朋友群組。包子和老陳都在裡面，自然也包括老劉。自從七喜離開北京之後，他就也萌生了離開北京的想法。按照他的邏輯，就是：「我只有離開這座城市，才能真的重新開始。」

於是那幾年他搬來搬去，從北京到了上海，從上海去了南京，從南京到了武漢。二〇二〇年二月，我們心急如火地在網路上關心武漢的消息，也時不時地在群組裡找老劉。

老劉卻一連好幾天沒有出現，搞得我們每個人都很擔心。直到二月底，他才在群組裡出現，說了句：「我沒事，但不太好。」於是他才告訴我，這幾天他每天都失眠，根本就不敢打開微信，因為害怕看到什麼消息讓自己難過。

類似的話，我在小傑這邊也聽到了。他還告訴我，現在他每天都能聽到救護車的聲音，內心停不住地害怕，很難調節自己的情緒。所有人都在努力，所有人都在等待，他相信一切都會好起來。

說到這裡他想了一下，問我：「還記得去年你來武漢的時候，我跟你說婧婧懷孕的事嗎？她馬上就要到預產期了，三月五號。」

我沉默了半晌，只能擠出一句：「沒事的，一定會沒事的。」

過了一會兒，我又問老劉：「你今天吃了什麼？」

他說：「我今天吃了紅燒肉，你敢相信嗎？因為能吃到紅燒肉，我剛才興奮得在家裡手舞足蹈。」

…二…

二〇二〇年四月，武漢解封。

一天我打開網站，看到了一位讀者的文章，在結尾處＠了很多人。我對這位讀者的ＩＤ（帳號）有些印象，也對她＠出的其中幾個ＩＤ很眼熟，才想起他們都是之前來過我簽書會活動的人。我記得曾經有讀者告訴過我，他們在活動中認識了許多朋友。

點進去一看，原來她在這兩個月裡，參加了第一線的防疫工作。這篇文章不長，像是她的一個備忘錄，裡面林林總總地記錄了她這兩個月來的心路歷程。

她說：「**其實我很害怕，但我覺得一件事情總需要有人去做，更何況我也懂得如何去做。如果這次退縮了，我可能會後悔一輩子。**」

她說：「克服恐懼，克服恐懼，克服恐懼，你可以的。」

她說：「護士長今天去了，明天就輪到我了。沒事的。」

她說：「今天媽媽給我打電話，試探地問我要不要乾脆辭職。電話裡她哭我也哭。」

她說：「只有去過一次，只要去過一次，就一定不會再怕了。」

她說：「剛才我嚇得渾身發抖，我覺得自己很沒用。」

她說：「今天有好幾個病人康復了，他們跟我說『謝謝』時，我覺得一切都值得。」

我看完文章，給老劉打了個電話。

老劉說：「放心，已經解封了。」

他停了一下，接著說：「春天到了啊，我還真是第一次對春天的到來，這麼感激。」

我看向窗外，北京的天很藍。一陣沉默。

他打破了沉默說：「我還記得也就是一個月前，我在家裡向窗外看，這麼大的一座城市空無一人。我那時候在想，什麼時候能春暖花開，什麼時候能看到熙熙攘攘的人群。說出來你可能不信，明明都三月了，明明氣溫已經十幾度了，可我看到那條街道的時候，只覺得寒風刺骨。不過，好在春天還是來了，只是這冬天，還真是長啊。」

我說：「我剛看了一篇文章，是一位醫護人員寫的。我還看到了很多故事、很多新聞。我覺得醫護人員真的很偉大，我覺得每個劫後餘生的人，都很偉大。」

他說：「如果你以後要寫文章記錄這些，你就寫這句話。**我是一個普通人，一個再普通不過的人，我只想好好活著。我是一個懦弱的人，也沒有足夠的能力。我今天還能夠安安穩穩地跟你講電話，需要感謝很多人，眞的。**感謝那些我不知道名字的人。但我很清楚，他們一開始也只是普通人，他們在走上第一線的時候，心裡肯定也害怕。我前不久在武漢認識的一個朋友，被派到方艙執勤，當志工。他跟我說當時他害怕得要死。我勸過他，我說你不做還有別人去做的，你也是別人家的兒子，他說如果人人都像我這麼想，就真的沒有人去做了。我要去。老盧，我們能從一場變故、一場災難中走出來，就是因為有許許多多的普通人，願意鼓起那麼一份勇氣。」

「勇氣。」他說，「記住，你一定要著重寫這兩個字，勇氣。」

我點點頭，說：「記住了。」

掛電話前他突然問：「二筒最近怎麼樣？」

我說：「白白胖胖，啊不是，灰灰胖胖的，你放心。」

他哈哈笑了兩聲，說：「好了，我去忙了，回頭見。」

掛完電話，我看向二筒。心想，世界不會毀滅的，二筒，你啊，就安心吃吃喝喝，繼續胖下去吧。

…四…

二〇二〇年十一月，我又去了趟武漢，約上了小傑和婧婧。婧婧這人不愛分享社群，微信也是能不回就不回，所以我也就只知道她順利生下了孩子。詳細的過程我一概不知。吃飯的時候我一直猶豫著要不要問問當時的情況，但又覺得或許不該問，也或許就沒什麼好問的。

倒是她主動提起來，說起當時的情況。

八個月前，也就是二月末，她預產期要到了，被送進了醫院。大家或許也知道，生子的過程中呼吸很重要，需要大口呼氣大口吸氣，然而那時候正是疫情最嚴重的時候，她沒有辦法，只能戴著口罩。這個過程遠比她預想的要更艱辛，還好孩子順利出生。

提到孩子時她臉上的笑容我記得很清楚，但她說起這段故事的時候，眼神裡的緊張也依稀可辨。

接著另一旁的朋友說起了另一個故事，可能你讀起來會覺得很揪心。

疫情基本穩定之後，武漢解封，一切都朝向好的方向發展。有一對夫妻，是抗疫的一線工作者，在疫情逐步趨於穩定，新增病例為零之後，他們也被評為「先進工作者」。

武漢的一切恢復正常之後，有一天丈夫帶著妻子出門，在路口出了交通事故，一家三口都沒能倖免於難。是的，那位妻子的肚子裡，還懷著一個孩子。

朋友停頓了一下，接著說，現在他們家裡還剩下一個老大，也只剩下那個孩子了。我們聽罷沉默，許久沒有說話。

「武漢人真的很堅強。」朋友再次說。

我突然想起曾經寫過的一句話：「**我們都倖存了下來，沒有理由再不好好生活。**」

…五…

時間走到二〇二二年。

因為諸多原因，我後來再沒能去成武漢。疫情也還沒有徹底過去，我們無論走到哪裡，還需要戴著口罩。

這兩年，我越覺得對這四個字感同身受——「世事無常」。

「約定」這兩個字，正逐漸變得無力。我們開始不敢期待很久以後的事，因為深知生活充滿了變故。我們開始**經歷大悲大苦**，**經歷生老病死**，**才明白有些事並非人力能改變**，**有些人說了再見就是再也不見**。

當我能跟讀者朋友見面的時候，他們在ＱＡ時間問的問題，也逐漸變得沉重。多年前，我們可能為了愛情痛苦，為了考試迷茫，為了友情糾結。如今這些依然困擾我們，然而生活卻多了一些更深刻、更無解的難題。

如果要做個總結，大概是這樣的——生活不是努力了就可以變好的，喜歡做的事情也不是輕易就可以做的。以前總聽別人說，堅持就好了，努力就好了，都會好的，可是真的做起來根本就不是這樣。這種時候要怎麼辦呢？這種時候我們還能相信時間嗎？

我總是一時之間不知道該怎麼回答。

直到今天我決定記錄這些日子的生活時，直到我寫完以上的文字時，我腦海裡才出現了一個清晰的答案。四個字——盡力而為。

世事無常，分道揚鑣，生老病死，我們常常沒法得償所願。但我們都必須盡力而為。

因為過去的生活經驗告訴我們，倘若我們真的從戰勝疫情這件事中學到了什麼，那就是：**「如果我們都認爲即使努力去做也沒有任何改變的話，那這個世界就眞的不會好起來。如果十個人這麼想，一百個人這麼想，一萬個人這麼想，那我們早就輸掉那場戰役。」**

事實是，我們已經度過了最艱難的時刻，自那以後又過去了兩年多，我們才一路走到了這裡。我們依然能夠在看到某些影音的時候哈哈大笑，依然能夠時不時地與朋友見面，依然能夠在自己所選擇的方向上奮鬥，依然能夠感受到又一年的夏天的到來。

我們能夠真切地感受到，這個世界大概還是在一點點地好起來。

其實我並不知道你所遭遇的痛苦是什麼，寫文章的時候我只能按照自己的心意去寫，我無法感知到讀到這篇文章的你，每一個你的具體的痛苦。

但我想告訴你，無力感大概會成為生活的常態，會在之後的歲月裡，與你如影隨形。那些糟糕的事情並不會輕易消失，就像黑夜總不肯輕易地把天空讓給黎明，並且它們總會捲土重來，再一次把天空帶回黑暗。**然而我們總是可以點起一盞燈，點亮屬於自己的房間，屬於自己的天空。就像這世上一定還有很多人，願意在這個無常的世界裡盡力而爲。**

一盞燈，兩盞燈，一點一滴，便彙聚成了這個時代。

縱使很長一段時間內，我們什麼都沒有改變，但至少睡前心安。而我自己的盡力而為，至少讓我遇見了你們，也讓我找到了屬於自己的生活方式。**我相信，我們就是這樣在無力感中，逐漸找到了堅強，逐漸找到了力量**。

這也是我們作為倖存者，必須要做的事。**世事無常，盡力而爲**。**如此，就好**。

你我共勉。

Part IV

成長　無所畏懼　繼續前行

成為自己的我們

時間帶不走的有兩樣東西
一個是跟自己相處的能力
一個是跟我步調一致的人
我們獨立　在自己的道路上奮鬥
彼此看一眼都是安全感

成長　其實是
在乎的東西變少了

而我知道你也曾熱血過　你也曾為了一件事情拚命過
只是你慢慢忘記　漸漸懶惰　那樣的熱血彷彿從來都沒有過
不是的　仔細回想　回想起來吧

⋯⋯

二〇一五年一月十二日，生日。

沒有人跟我一起過，我只是不知怎麼的，一個人遊蕩到了南京，在先鋒書店買了幾本書，回飯店的路上，看到一個女孩子蹲在馬路邊上打電話。

一月的南京，天寒地凍，人人行色匆匆，不願在風裡多待一分鐘。而這個女孩就這麼蹲在馬路上，瑟瑟發抖，看著都讓人心疼。路過她身旁，聽到她一字一字氣憤地說：

「我——不——甘——心。」

這幾個字我太熟悉了。我知道的，你也不甘心。

……

萬事抵不過不甘心。

雖然我們每天可以聽到無數種聲音，可到頭來，只有一種聲音能夠真正影響到我們，能夠真正在我們睡前腦海裡一遍遍地響起——我們內心的聲音。

你會聽到內心對你的質疑，你會聽到內心對你的抱怨。那個聲音反反覆覆地問你為什麼。為什麼放棄？為什麼妥協？

它會一遍又一遍地重複，直到某一天，你選擇追隨自己內心的聲音。

是的，**因爲不甘心，所以無法放棄。因爲不甘心，所以無法妥協**。

你認真生活，努力賺錢，找到自己的喜好，不在乎別人是否認同，用心經營好自己的生活。可你在有些人，譬如在長輩眼中，只不過是一個不結婚的神經病。所以過年時，大概你也被當成話題中心討論過。他們評判你的標準，居然是你有沒有結婚。

即便如此，你也無法反駁他們，或者說，即便反駁了，也無濟於事，只會招來更多的議論乃至非議。

我很幸運，有很愛我的父母。

雖然我媽嘴上常念叨要我相親，要我早點娶個老婆，我也的確去相過幾次親，但只要我說我不喜歡或者還沒準備好，我媽又會很開明地說：「沒關係。」

可不熟的親戚朋友們，卻總是抓住這件事不放，有時候我覺得很難過，不是為自己難過，而是因為看到我媽拚命閃躲的眼神而難過。

我實在無法理解，本來我們不太熟，怎麼一提到這些話題，我們就變得親密了？

當身邊的人都開始結婚生子，當你的長輩父母都開始以你為話題中心，當你的朋友無法理解你的堅持，當你開始覺得自己格格不入的時候，你會怎麼選？

將就嗎？妥協嗎？還是跟有些人一樣再也不相信愛情？

妥協太容易了，你只需要說服自己，就可以跟他們一樣。但妥協也太難了，你必須要說服自己，換一種生活方式。

你活了二十多年，用心生活，一步一步變成現在的樣子，沒有人知道你有多辛苦。你減肥，你健身，你學習，你讀書，你相信這世上有個詞是「氣質」，氣質就藏在你的眼神、你的言談舉止裡。你認真豐富自己，**不是爲了不結婚，只是爲了能遇到愛情再結婚。**

憑什麼被別人一而再，再而三地否定？

那我告訴你，你不該被任何人否定。一件事堅持了那麼久而你依舊覺得舒服，那這件事對你來說就是對的。

…三…

年輕的時候，我希望全世界都是我的。

我希望有很多朋友，覺得朋友越多越好，而自己一定要在朋友圈的中央，這樣才顯得我被需要。只是被迫也好，主動選擇也好，我偏偏在年紀很小的時候就開始一個人生活。

或許也因為這樣，我比別人成長得快。

最開始覺得很痛苦，覺得自卑，走在路上都覺得別人用異樣的眼神看著我，覺得他們的內心在說：「這個人怎麼這麼可憐，連一個朋友都沒有。」我也不知道自己到底是什麼時候釋懷的，只是有天突然回過神來，好像一切都沒那麼重要了。

那天之後我開始明白，**我所謂的成長，其實是在乎的東西變少了。陌生人的認同不再那麼重要，他人的聲音變得無關緊要，喜歡的東西也不一定非要分享**。

就像有一陣子，我希望身邊的所有朋友都喜歡五月天和 Coldplay（酷玩樂團），當我把那首〈yellow〉放給很多人聽時，才發現並不是每個人都那麼喜歡。

最初我覺得生氣，心裡想，為什麼這麼好的東西會有人不喜歡？理智上我知道，這都沒什麼，每個人都是不同的，他們不喜歡就不喜歡好了，那些歌一直在耳機裡，感動著能聽懂它們的人。

只不過還是有那麼些時刻，我不甘心。我知道的，你也一樣，你不甘心。**不甘心的是那些你真正在乎的人，跟你漸行漸遠。你明明用心珍惜，但朋友越來越少**；你明明真誠待人，但那個人轉頭就跟別人說你的不好；你明明什麼都沒做錯，但就是有人逼著你去道歉。

你有時懷疑自己的那套準則，到底適不適合你現在的社交狀態。

你有時懷疑自己從小到大所堅信的，到底是不是真的正確。

可是又能怎麼辦呢？

你知道他們的小伎倆，你知道他們的舉動，你就是沒辦法跟他們一樣。你看電影時就會開振動，從來不大聲喧嘩；你就是習慣對服務生說謝謝，對每個人都保持禮貌。

不是裝，也不是清高，而是這些東西早就融在你的血液裡了。你改變不了，因為在你看來這就是你的日常，不這樣才奇怪。

可就是有人覺得你是矯情是做作，我知道你難過。可難道你要變成你不喜歡的那些人，然後跟他們做同樣的事情嗎？不是的。

你要做的不過是堅持，因為我懂你，因為還有很多人懂你。

因為半山腰總是最擠的，你得到山頂看看。

某天你跟一個朋友說起自己的夢想，結果他一盆冷水潑下來，頓時讓你沒了興致，也許他根本沒有意識到自己的一句話會帶給你來這麼大的阻力。

有人說：「你折騰什麼呀？」

其實你很想說，**折騰是爲了心裡的渴望，是爲了能夠每天睡覺的時候問心無愧**，可你說不出口，最後跟自己說一句「算了」。

有人說：「你現在過得不好嗎？為什麼非要往前衝？」

其實你很想說，那些無法分享的，那些隱藏在限時動態下的，那些無法與人言說的，才是你眞正的生活，可你說不出口，最後化成心裡的一聲歎息，連這聲歎息，你都沒法讓人知道。

我一個好朋友，失去了親人，同時男友跟她分手，她第三天就照常去上班了，一如往常。只是她在去洗手間的時候，聽到別人說她真冷血，她把自己反鎖在隔間裡，無聲地掉眼淚。

讓你難過的事情太多了，你只是想要調整好自己給別人呈現一個好狀態，可有人偏偏抓住你的痛腳，說你沒心沒肺。

你想要去的地方，你真的在認真規劃，可是有人偏偏要冷嘲熱諷。

他們學不會的，**學不會對無法理解的事情保持沉默**，**學不會對每個在自己領域努力的人表示尊重**。學不會的，他們永遠在他們的井裡，永遠到不了井上，永遠觸摸不到天空。

…五…

不甘心。我知道的。

你的所有成績所有努力都無法得到認可，當然不甘心。可我怕你久而久之習慣了，你開始懷疑真誠，你開始懷疑熱血，你開始懷疑努力，你開始懷疑所有美好的意義。

有那麼一段時間，我們什麼都不願意去相信了。我知道的，我也這樣過。

迷霧籠罩在前，回頭看不見退路，你站在你的世界中心，處處都是岔路，而你看不到站牌。沒有指示標，沒有人在前方，你只有自己。而你的心裡有「放棄」和「堅持」這兩個按鍵，你告訴自己按下放棄鍵，你就能擺脫一切負擔。

可你按不下去，你知道按下放棄鍵，不是放下所有負擔，而是在你的心裡上一把鎖。

而你知道自己還沒到絕望的時候。人為什麼要往前走？

因為你不到最後，永遠不知道自己的命運會如何，你也不知道未來是不是會有好結果。**你始終有機會往你想去的地方**，**而你知道停在原地的話**，**你哪裡都去不了**。

而我知道你也曾熱血過，你也曾為了一件事情拚命過，只是你慢慢忘記，漸漸懶惰，那樣的熱血彷彿從來都沒有過。

不是的，仔細回想！回想起來吧！。

…六…

我身邊的人，大多跟我想法相同，習慣相同，目標一致。人人都有著自己的堅持，都在用自己的方式活著。

我們也常聚會，抱團取暖。我們也常獨處，靜靜思考。深夜的時候我們都不睡覺，讓音樂陪著我們。

為什麼選擇這樣的生活？因為我們都太瞭解自己了。

瞭解自己內心那團火一直燃著，帶著你一路披荊斬棘，去你必須要去的地方。

瞭解自己生來就是這性格，做不來巧取豪奪，學不來花言巧語，寧可這麼笨拙地生活著。瞭解自己害怕會給別人帶來不安，如果可以，寧可選擇麻煩自己，也不去麻煩別人。也因爲隨著一路成長，再也沒力氣去取悅誰了。無須從別人的稱讚中得到力量，也無須從別人的生活裡找到歸宿。

如果自由的代價是孤獨，我坦然接受。我等的，一定是一個理解我又被我理解的人。我愛的和愛我的我都不選，我選的一定是那個我愛且愛我的人。絕不將就。

去喜歡一個讓你有動力的人吧，每天起來都覺得陽光萬里；而不是喜歡一個讓你有傷口的人，每天睡去都覺得萬籟俱寂。

要每天過得充實，不管別人是否認同，也不管他們是否在意，這世上有那麼多的人，餘生還長，總有人會懂得欣賞。就算日落，也有一萬種色彩。還有爬起來的力氣，就不要讓自己在地上躺太久。路的盡頭不見得跟想像中一樣，但你得走過去看看。

就算被命運打敗了，大不了拍拍灰塵，說剛才是老子大意，我們三局兩勝。

就算失策、失措、失意、失落，你也能挺直背，對自己說句：「這一路走來，我從來沒害怕過。」

熟悉的味道是一臺時光機

我想　我會想念那些童年裡的味道
是因為想念童年時的我自己

……一……

有一段小時候的記憶。是四五歲的時候吧。

那時我媽媽在醫院工作，很忙，我總見不到她。有天午睡時做了噩夢，醒來後第一反應就是想找媽媽。奶奶在後院裡做飯，我偷偷溜出家門，可沒想到才走幾步就迷了路。我退回到路口，不敢再亂走。腦袋開始嗡嗡響，汗從額頭慢慢流下來，逐漸擋住我的視線。

我不知道該怎麼回家，也不知道該怎麼找到去醫院的那條路。印象裡醫院應該就在附近，可我怎麼也找不到。汗水流過臉頰滴在地上，我一個人坐在路邊，無助地想流淚。

就在這時，我突然聞到了消毒藥水的味道。

小時候我奶奶會帶我去醫院，我先是在奶奶背後睡著，不一會兒奶奶會把我輕輕叫醒，我還沒睜開眼就能聞到一股消毒藥水的味道，然後我就能看到我媽媽了。我順著記憶裡消毒藥水的味道一直走，終於，我聽到了一個熟悉的阿姨的聲音。

阿姨問我：「你怎麼來醫院了？」

我說：「我要找我媽媽。」

長大以後，我媽跟我說起這件事。她說她還是不相信我是自己一個人走到醫院的。我搔搔頭，說其實我自己也記不大清楚了。

我媽在二〇〇二年左右離開醫院，帶著我跟著我爸離開小鎮去了大城市。很久以後我回老家一趟，嘗試著從老家走去醫院。奇怪的是，我怎麼也沒能再聞到那記憶中消毒藥水的味道。是因為那時候太小所以我記錯了嗎？我也不知道。

還是根本沒有消毒藥水的味道，可能是一個路人幫助了我，可能是我本來就模糊地記得路，變成碎片壓縮在回憶裡，讓自己都產生錯覺，分不清是過去是夢還是現實。

也可能當你特別想念一個人的時候，你就是能聞到專屬於她的味道。

⋯二⋯

因為就生活在長江邊，我從小就能吃到小龍蝦和大閘蟹。

記得很小的時候，天空下大雨，水淹百里。但還是要上學，穿著雨衣雨鞋踏在水裡，有些路還能走，有些路就不行，一腳踩下瞬間就會被淹進水裡。那天我不小心一腳踩空，踩到了水最深的地方，一直淹到我的大腿，我心裡一慌，拔腿就往前跑，結果摔了個狗吃屎。我心情很糟，剛想發火，卻突然發現水裡游著好多小龍蝦，瞬間就又開心了起來。

現在回想起來很是奇幻，居然能在大馬路上看到小龍蝦。現在回想起來也很是後悔，既然看到了，為什麼不順手抓幾隻呢？

還有一次，我跟我爸去長江邊上捕螃蟹。

我雖然愛吃螃蟹，但看到活的螃蟹就是一躲十公尺遠。因為害怕，真的，螃蟹的鉗子太可怕了，像是能把我手指夾斷。後來好不容易鼓起勇氣去抓螃蟹，我卻一個不小心栽倒在池裡，很多螃蟹立馬撲了過來。

我現在還能想起當時的情形，那場景像極了韓國《屍速列車》，無數喪屍擁向一個無助的我。其實我只要站起來逃跑就好了啊，區區螃蟹哪能追上我呢？

可那時我就是不知道該怎麼辦，直到我爸把我從池子裡抱起來，跟我媽在一旁哈哈大笑。我已經記不得那時我多大，是五歲，還是六歲？又或者更小一些。記憶卻沒有模糊，這些事我彷彿剛剛經歷過，歷歷在目。

總之，由於種種原因，我開始覺得小龍蝦和螃蟹不好吃，或許就是源於那時的陰影。

也就是從那之後，我立志要吃遍各地美食，我要去重慶吃火鍋，去長沙吃臭豆腐，去南京吃鴨血粉絲，去北京吃烤鴨，去內蒙古吃烤全羊。沒想到這些願望很快就真的都實現了，吃完一圈，又莫名其妙地很想念小時候吃的那種小龍蝦。

我想，我會想念那些童年裡的味道，是因為想念童年時的我自己。

我想，我會想念我奶奶做的那一桌子菜，一定是因為我想她了。

…三…

因為北京很少下雨，所以很少會用到傘。

不過即使北京經常下雨，恐怕我也不太會帶傘，因為即使是在我的老家，在那個夏天常常不由分說下一場雷陣雨的地方，我也沒有養成帶傘的習慣。

上學期間，我就常常淋雨。

有一天，上生物課，生物教室在另外一幢建築。我是生物課小老師，下課後得留下來整理儀器。就這短短的一兩分鐘，本是晴空萬里的天空風雲突變，瞬間窗外就黑了下來，大雨傾盆而下。我想著得趕快回教室才行，不然就來不及了，立刻跟老師道別下樓。

到了樓下傻了眼，雨點簡直像是連成了一根線，連綿不絕。我鼓起勇氣試探著往前走了一步，瞬間就被大雨給撞了回來。

此時此刻的我，面臨著一個比大雨本身更大的問題。

我近視，而且是高度近視，離開眼鏡一公尺外就人畜不分。即便我真的可以用肉體硬扛這大雨，我也看不清眼前的路，應該稍有不慎就能摔個狗吃屎。正當我絕望的時候，突然一張衛生紙遞到了身前。我意識到是讓我先把眼鏡擦乾再說，我看不清是誰，趕快說了句「謝謝」就接過來。

重新戴上眼鏡的瞬間，我才發現在身邊的是我當時很喜歡的一個女生。她笑吟吟地看著我，眼睛彎成一道月牙，什麼也沒說，把手裡的傘遞給了我。

我侷促地不知道該怎麼辦，連句「謝謝」都沒說出口。女孩戳戳我的腰說：「愣什麼，再不走就遲到了。」我才回過神，接過傘，跟她一起走回教學大樓。

其實她跟我不在一個教室，她那時也不應該出現在實驗大樓。可我在當時什麼都沒反應過來。我們走到教學大樓屋簷下，她收起傘，看了看錶說：「我要回去上課了。」

我就站在原地，跟她揮了揮手，看著她的背影，一直到她走進教室。我至今還記得她穿的衣服的顏色，是一件粉紅色的大衣。

那天我第一次覺得雨後的泥土味道是那麼好聞。

⋯四⋯

我有次跟朋友提起這個理論——當你想念一個人、一個場景、一段時光的時候，你首先想起來的是那熟悉的味道。

有一年夏天，喜歡的人給了你一瓶可樂，於是你的夏天就是可樂的味道；有次等待，你在街邊點了一杯奶茶，於是你到現在還覺得等待就是奶茶的味道。**記憶會模糊，熟悉的氣味卻不會**。就像以前的夏日雨後，你總能聞到空氣中泥土的味道。

朋友聽了若有所思，拿出手機飛速地刷了起來。不一會兒他抬起頭，跟我說：「我剛才訂好週末去昆明的票了！你要一起去嗎？」

我擺擺手說：「最近沒時間，你去昆明做什麼？」

他嘿嘿地笑：「去吃過——橋——米——線！」

我說：「好的，注意安全。」

幾天後他回來了，說要找我喝酒。

喝了一杯又一杯，我突然想唱歌，剛想開口哼一句流行歌，他就打斷了我。

我說：「你打斷我幹嘛？」

他說：「你不想知道雲南的過橋米線正不正宗嗎？」

我可能是喝多了，突然對過橋米線正不正宗很感興趣，直起身子，一本正經，眼睛裡閃爍著求知的光芒。

他說：「五年前我跟前女友在昆明住過，那時候天天在樓下吃過橋米線，每天吃得有滋有味也挺開心。後來我們一起來了北京，就再也沒吃過了。我這次去昆明，也沒怎麼花功夫就找到了那家過橋米線，你猜怎麼著？我居然吃不下去這過橋米線了。所以我也不是多愛吃過橋米線、多愛吃紅燒牛肉麵，只是那一年就只吃這些，而且是和她一起。」

聽他說完，我說：「那昆明的過橋米線正宗嗎？」

他沉默，轉身想走。

我連忙把他拽回來，認真地說：「**我們尋找過去的味道、氣味，我們再走過那些街道、風景，只不過是爲了心裡的執念。**」

有執念的事做完了，想不通的也就過去了。

…五…

後來的回憶裡，明明只是雲淡風輕地喝了幾杯，在當時卻是轟轟烈烈的宿醉；明明只是連綿幾天的大雨，卻像世界即將迎來末日。有時我甚至懷疑，當初的情感是不是真的存在過，又或者當年的那些事情我們到底是不是真的做過。

才明白記憶必須要依附在某些東西上才能真實。

可能是一首歌讓你想起誰，可能是一條街道讓你想起她，可能是那些味道讓你想起曾經的朋友，又或者是那麼一道美食讓你回到了童年。

有一年，我頻繁熬夜，三天兩頭吃泡麵。

那年我和我的室友都二十出頭，學電影裡的畫面，喝最便宜的啤酒，腦袋裡裝著全世界，聊的都是未來和最不著邊際的夢想。

我說將來要寫幾本書，老王說要開演唱會，這時不知道是誰說了一句：「我們去看日出吧。」於是我們就二話沒說，一起出發去山頂，邊唱著歌邊等太陽升起。

看完日出我們都餓了，回家一人拿起一碗泡麵就開吃。我們吃起泡麵來嗞溜嗞溜響，吃完了再把湯喝得一乾二淨，摸摸自己的肚子再躺在椅子上，彷彿吃了世上最美味的食物一樣滿足。

現在我偶爾還會吃泡麵，可總覺得沒那麼好吃呢。

就像那時候我多愛一個女孩啊，去找她的路上天氣總是剛剛好，吹來的風從來就不冷。而我走起路都帶著風，背景是情歌的旋律，心裡撲通撲通盤算著一會兒要說的話，就怕自己說不好。就連街邊的樹都好像比平時可愛了，閉上眼我好像能聞到春天的味道。

後來我一個人又走了那條路，再也聞不到春天的味道了。

我想，那春天的味道，就是妳吧！

你不知道在什麼時候
你也曾成為別人的力量

這個看起來不太美好的世界裡　還有很多美好的人在努力著
不遠萬里也要去見你　因為我們是彼此的力量

⋯⋯

「**一句話到底是不是開玩笑，只有被『開玩笑』的那個人才能夠決定。**」這句話希望每個人都能懂，尤其是尚未成年的人。

校園暴力成了很大的問題。最糟糕的是，很多人都不知道，自己也曾或主動或被動地傷害過別人。由於尚未成年，想法尚未成熟，自然不懂什麼叫作同理心，便肆無忌憚。

說出口的話從未再三思量，只當別人開不起玩笑，不覺得自己傷人。以貌取人，故意孤立，貼上標籤，都只當是好玩的事。

真相如何壓根就不重要，故事聳動才人人喜歡。

偏偏編造故事的人，彷彿身臨其境，明明自己什麼都不知道，什麼都不瞭解，卻能把故事說得繪聲繪影。或許這也不僅是校園的問題。

我要說的，依然是發生在學生時代的故事。

…二…

曾經有同學被孤立過，原因很扯淡，只因為她是班上最胖的女生。她性格內向，面對被孤立的情況，選擇忍氣吞聲，卻換來變本加厲。從此以後她做什麼都會換來嘲笑。

有一次上課時，她被語文老師點名，要她讀一段課文，不知怎麼，她漲紅臉支支吾吾說不出一句話。老師那天也「嘖」一聲，嫌棄地讓她站著，直到課上到一半才讓她坐下。

愛找麻煩的男同學下課就開始議論這件事，說話聲音很大，語氣裡都是嫌棄。後來，她隔壁座位的同學嫌棄她，要求換位置，她就被換到了第一排的角落裡。我至今都無法理解，為什麼老師連她的意見都不徵求一下，就把她安排到角落裡的位置。她沒有說什麼，一個人默默地坐到了角落裡。再也沒有人會主動跟她說話。她的成績也從此一落千丈。

我並沒有多正義，只不過因為小時候不太能說話，看著她的情況，有些同病相憐。只是我太懦弱，太膽小，從不敢替她打抱不平，甚至不敢跟她堂堂正正說上一兩句話，只能每次發講義和參考題的時候，給她標註一下考試的範圍，偶爾說一句「加油」。

後來分班，她轉去文組。

幾個星期後，早上上學時在校門口遇到她，我跟她打了個招呼就想回教室。她卻從後面跑來，送我一本《小王子》。扉頁上是她的筆跡，寫著——謝謝你。

我留著這本書，卻跟她漸行漸遠。

後來我去了墨爾本，跟許多人失去聯繫，自然也包括她，不知道她去了哪裡。

仔細回想，我們之間說過的話，或許不超過五句。時間把記憶變得模糊，她映在我腦海裡的，只剩下角落裡的背影，和那天她遞給我《小王子》時的眼神。

只是每次看到那句「謝謝你」的時候，我都暗自責怪那時的自己。

其實我可以做得更多。但我沒有。

…三…

初到墨爾本時，因為人生地不熟，有一次我在城市裡迷了路。手機不知道什麼時候沒電關了機，摸摸口袋，偏偏只剩下幾塊錢。好不容易摸索到了車站，卻不知道應該怎麼坐車回家。

一個大叔看出了我的窘迫，問我怎麼了。我用當時還不太流利的英文解釋，我迷路了。好在我還模模糊糊記得我家的地址，大叔認真地跟我講解，要先坐哪一路公車，然後到哪裡應該換車，然後坐到哪裡下車。

我腦袋亂成一團，機械式地重複大叔說的路線。

他問：「記住了嗎？」我心虛地點點頭。

他看了看我說：「我送你去車站吧，到那裡就簡單了，換了車坐四站就行。」

我連忙擺手說：「不用，我自己回得去。」

他笑著說：「沒事。」

說完又怕我有顧慮，說出自己的名字和職業，表示自己不是壞人。我慌忙解釋說只是太麻煩他了。他說沒事，他也順路要到車站。我信以為真，就沒再堅持。

在路上，他一直跟我講墨爾本的特色，給我推薦好玩的地方。下車時他遞給我一張紙，是他畫的路線圖，怕我再迷路。後來他陪我等到車，跟我揮手道別。

上車後，我發現他匆忙跑到路對面，坐上回市區的車。那一刻我恍然大悟，他根本就不順路。後來我再也沒有見過這個陌生人，才想起因為急著回家，我沒有跟他好好道謝。

人來人往，我們跟很多陌生人擦肩而過。

我不知道他們要到哪裡去，我想我們可能這輩子也沒有再見面的機會。可擦肩而過的時候，都會發生很多故事，或許我們在不經意間就忘了，或許我們也不會時常想起，但每次想起這些故事時，我都會覺得這個世界，其實沒有那麼糟糕。

你不知道在什麼時候，你也曾成爲別人的力量。

就像天上的星星，它們不知道你在哪裡，可它們就在那裡，你抬頭就能看見。

後來我開始寫書，執意要記錄生活中這些重要的事，但天賦有限，常常寫得不滿意，半夜總是不滿意的想要撞牆。

好在有朋友支持，接著有了第一批讀者，才讓我一直堅持到每一個明天。那時的我從沒想過，有一天我的書可以帶我到很遙遠的地方。

二〇一六年，錫林浩特這座小城邀請我去做簽書會。當我第一次聽到這座城市的名字時，我根本不知道它到底在哪裡。

那時的出版社編輯（同時也是我行程的助理）說：「思浩，你的行程是先到通遼，然後去錫林浩特，最後回北京……不過我不太建議你去錫林浩特。」

我問：「怎麼了？」

她說：「通遼到錫林浩特你只能坐車過去，路程是七個小時……加上行程比較趕，到錫林浩特你就要去學校，第二天還有兩場活動，然後你就得連夜飛回北京。我覺得……太奔波了。」

我想了想，奔波也沒什麼，還是去一下吧。因為我不知道，錯過了這次機會，下次去是什麼時候。第二天她告訴我，晚上活動開始前，還要去一趟當地的國中演講。我內心有些惶恐，唯恐自己說錯了什麼，或者有什麼做得不夠好，白白浪費學生們的一節課。

萬幸活動還算順利，我分享學生時代的故事。從下面的笑聲中，我暗自想，我應該做得不錯吧？至少他們沒覺得我是個無聊的怪叔叔。走之前教務主任拉住我，告訴我他有個學生邊哭邊說，原本以為沒有機會見到我，卻在這麼一座沒有什麼人知道的城市遇見了。

我認真鞠躬，卻不知道該說什麼。

他說：「你能給他們帶來希望，這或許是我們這些老師都很難做到的事。」他說著說著眼眶就紅了。

（在修訂這篇文章的時候，我已經去了好幾次錫林浩特也跟當地的老師熟絡起來。錫林浩特真的是很美的地方，推薦大家有時間可以去一下，那裡有一望無際的草原和好客的人們。）

聽了教務主任的話，我內心只有惶恐，但同時也覺得慶幸。惶恐我做得還不夠好，慶幸我也可以給別人一些力量了。**我堅信，這個看起來不太美好的世界裡，還有很多美好的人在努力著。不遠萬里也要去見你，因爲我們是彼此的力量。**

…五…

回到我開頭寫的那段話。

很多時候我在網路上看到一些新聞，看到一些留言，都會覺得特別難過，有時甚至會覺得這個世界不會再好了。因為冷漠替代了善意，嘲諷多過鼓勵，編造大過真實，努力卻往往得不到應有的回報。

只是有時又能看到另外一些消息，在那冷漠的黑夜裡，有一些善意的星星發著光，讓我覺得其實我們都要良善些。

我小時候我媽常跟我說，做人不能太善良，人善被人欺。我無法反駁她，甚至不得不承認，我媽是對的。因為有些人不在乎你背後的故事，有些人踩著你的頭往上爬。如果你剛好步入職場，那應該是最孤獨的日子。

這是你真正意義上的孤獨，你被迫扔掉所有的學生氣，你的老朋友離你太遠，你的新朋友又走不進你的內心。剛開始你穿上西裝的時候甚至有點想笑，你在想，怎麼你也有了大人模樣。但事實是就算你換上了西裝，也不代表你適應了成人社會。

你的心思擺在臉上，你讀不懂別人的潛臺詞，於是你遍體鱗傷。

太難過，太多挫折壓在你頭上，你沒法跟親人訴說，你覺得那是增加他們的負擔，而這是你最不希望做的事情。所以，所有事情你都默默扛著，這是你最難熬的時間，你會發現你之前所有賴以生存的技能都是半吊子水準，連小聰明都算不上。

有時你想，這個世界為什麼這麼不公平？冷漠毫無成本，顯得善良多麼脆弱。

但總有那麼一些時刻，你得去做一些事情，不是為了什麼回報，而是為了扉頁上的那句「謝謝你」，為了心安。

因為你回想起一些時刻時，你會發現別人在不經意間給了你一些力量，而你也在不經意間給了別人一些力量，那麼就把這些時刻記下來，延續下去。一個故事會變成兩個故事，兩個故事會變成更多故事，哪怕最後故事之間毫無關聯，也無所謂。

這個世界從來就是美好和醜惡共存的，有些人你無法溝通、理解，有些事讓你噁心得想吐。但有些人讓你覺得溫暖有力量，有些事就是能讓你簡簡單單地笑出聲來。那麼我想，我要永遠站在美好的這一邊，因爲我就是這樣的人。就算這世上再多不公平，就算醜惡的那一邊看起來很輕鬆。我也絕不跨過去。

我一直相信，你是個什麼樣的人，你就會遇到什麼樣的人。

我選擇相信這世界上美好的存在——五月吹來的微風，盛夏飄過的小雨，深夜耳機的音樂，午後慵懶的陽光。希望你也是。

或許我們註定成不了星星，可我們能成為螢火蟲。照亮前方的一點點路就可以了。我不需要知道未來的全部，那樣沒意思。

照亮身邊的人就可以了，我只想給你一點點動力，剩下的路可能依舊佈滿荊棘，沒關係，我們一起走就好了。

因爲有些人在不經意間成爲你的力量。那也請你相信，在某些時刻，你也曾成爲別人的力量。不要讓他們失望，最重要的是，不要讓自己失望。

我不想成為別人喜歡的樣子
我只想成為我自己

我告訴自己　就算房子是租來的　生活始終是自己的
我想　這麼些年　我終於成長了些　學會了自己給自己歸屬感

…一…

二〇〇九年初，我一個人到了墨爾本。

最初的新鮮感過去後，第一次面臨時差。那時還流行在ＱＱ群組裡聊天，怎麼聊天也不覺得累，每天的訊息都是幾千則。有時我們談天說地，聊著所謂的夢想，想著自己未來會變成什麼樣的人；有時我們分享日常，八卦大家最近的生活，分享自己喜歡的歌。

我也常常聊得興奮起來，加上時差，就這樣開始了熬夜。很多年過去，我們從ＱＱ換到了微信，那個群組早就沒有人說話。

熬夜這個習慣卻留了下來。第二個養成的習慣是聽歌。

很久以後我才明白，我愛聽歌是因為那時我總是一個人生活。我有幾個好朋友，可都隔著一個太平洋；在墨爾本的室友，跟我的主修不同總碰不到一起；我那時喜歡的女孩，只有週末才會登入QQ。我那時住的地方，距離學校有一個小時的車程。於是我只能每天早起，趕四十分鐘一班的車，一個人上課，一個人吃飯，再一個人回家。

或許聽歌是在智慧手機普及之前，掩蓋孤獨的最好辦法。還有一個習慣也跟聽歌有關係，就是每當看電影時聽到好聽的配樂，我都會第一時間把那些音樂下載下來。下載之後每天半夜開著音響，一遍遍地聽，這時候我通常都會坐在電腦前，開始寫東西。

一晃八年過去，這些習慣我居然一個不差都留了下來。人總是這樣不知不覺地養成很多習慣，再不知不覺就著習慣過了很多年。

⋯⋯二⋯⋯

二〇一一年，熬夜變成了通宵。

我習慣看著城市被朝陽喚醒，然後再沉沉睡去。我想我之所以喜歡黑夜勝過白天，是因為只有在黑夜中，我才是我自己。

這一年的八月，我被房東趕出門。我一個人拖著兩個二十公斤重的行李箱，在城市裡遊蕩。我不知道自己能去哪裡，可我不能停下來，因為怕停下來會開始難過。

好朋友打電話來，問我在哪裡。我說，就想一個人走走。

他說：「你在哪兒？我去接你。」

他知道我被房東趕出門，他也知道我不願意麻煩他，寧可一個人遊蕩，所以不由分說，一定要來接我。我也實在走不動，就坐在路邊的臺階上。一左一右兩個綠色行李箱，比我人還高，我就靠在右邊的箱子上，睡著了。

睡著之後的夢境是曾經的真實場景。那是我跟我媽去逛街的場景，她看中了一件裙子，因為太貴沒有買，卻因為我即將離開家，執意要給我買一雙一千多塊的鞋子。

醒過來看到的是我朋友焦急的臉，他說我給他的位址離這裡差了兩條街，我的手機也沒人接。他是沿著路找到我的。

他問：「為什麼不找我們借錢？」

我說：「我自己被騙，我自己承擔。」

朋友無可奈何地看著我，幫我把行李箱搬上車。

我突然想起了什麼，對他說：「別讓我媽知道。」

後來我媽還是知道了，打電話給我，我笑著說：「沒事，別擔心。」

掛了電話，我忍不住地哭出聲來。

印象中，那應該是我來墨爾本之後唯一一次的哭泣。

後來，我開始打好幾份工，因為有目標，並不覺得很累。拿到第一筆錢的時候，我請朋友吃了頓大餐，花光所有的錢。我花這錢不是為了慶祝什麼，而是證明我也能好好地活下來。

心裡依然有一個夢沒熄滅，就是寫作這件事。就這麼寫了好幾年。

在此之前，我一直是個三分鐘熱度的人。有陣子想學鋼琴，學沒多久果斷放棄；又發誓要學極限運動，想了想還是算了。也羨慕那些會畫畫的人，有那樣的特殊技能，可以把所有心事藏在畫裡。

我當然知道，那些熠熠生輝的人，背後付出了多少努力。可我總是覺得，有些事情不適合我，於是主動放棄。

留在生命裡的，反而是那些沒有刻意去堅持的事情。倒是印證了村上春樹的那句話：「**喜歡的事自然可以堅持下去，不喜歡的事怎麼也堅持不了。**」

因為熱愛，所以堅持。

還能以年為單位來計算關係的，是我的幾個好朋友。我們曾經集體失戀，像是中了魔咒，半夜我開車帶著大家集體跑去南京投奔老劉。老劉二話沒說，包吃包住，買了三箱啤酒四個人喝到天亮。

我們其實沒有那麼多時間每天聚在一起，更多時候我們都在各忙各的，可一年裡總還有那麼幾天，能燃起剩下為數不多的熱情，每個人請假都要聚在一起，也不說什麼矯情的話，也不聊那些所謂的夢想，就坐在一起喝酒亂聊，再一起看日出。

原來這麼仔細想想，**你會發現你擁有的比你想像的多，只是你平時都記不起**。我的人生曾經偏了航，是這些讓我重回了正軌。

…四…

二〇一四年生日，我寫完東西，收到朋友的訊息。

他拍了一張以前我留下的漱口杯。

我說：「三年前的漱口杯你還留著，你是不是暗戀我？」

想起三年前我住在他家，我忽然有點害怕。

他嗤之以鼻說：「老子是直的！」

我呼了一口氣。

剛想再回嘴，他說：「生日快樂。」

我回：「謝謝。」

他掛了電話。

我腦海裡浮現出這些年的生活。

這幾年，我先是兼了幾份工作，奔波在圖書館和家之間。生活重回正軌，就四處旅行。因為喜歡過一個人，所以追逐全世界的日出，常常奔波，見了很多人，卻也弄丟了幾個好朋友。我很喜歡一個人，也被另外一個人那麼喜歡過，卻沒有跟任何一個人在一起。

後來，我還做了很多莫名其妙的事。

我開了一個小書店，一個月後就頂讓給了朋友。我在一個地方住了兩個月，然後又扔掉所有行李，去另一個城市。午夜時分我依舊睡不著，在陌生的城市晃蕩。有次我在北京，大雪天，明明很冷，我就是不想回去，在街頭轉了一圈又一圈。

那時我暗地決定，將來我一定要在這座城市好好地生活下來。

我也會一個人發瘋一樣地看電影，總是買最角落的位置，自己都不知道為什麼。追逐日出那陣子，天不亮就出發。不愛帶什麼行李，只帶著幾本書和一副耳機。可我總是低估山頂的寒冷程度，每次都無奈地站在寒風中瑟瑟發抖。

有那麼一刻，我開始懷疑，似乎連來這裡的原因都忘了。然後我才清醒過來，有那麼幾個日出，我答應過當初喜歡的那個人，答應過，要一起來看。雖然到頭來，我一個人實現了當初兩個人的願望。

包子有一天跟我聊天，他也去了無數地方，寫了無數張明信片，卻不知道該寄給誰。

後來他說：「我以為我去那些地方能夠釋懷，可後來發現無論我去哪裡，能看到的，都是她的影子。」

後來他問：「你呢？」

他問我這句話的時候，躺在我們家的地毯上。

當我想要回答他時，傳來了一陣打呼聲。包子喝多就會秒睡，我心想這樣也好，把他扶上沙發，給他一條毯子。他迷迷糊糊中醒過來，繼續之前的話題：「你呢？」我當時說：「天上星星撲閃撲閃，地上人們念念不忘。」

…五…

二〇一五年，我來到北京。安頓好之後，就開始跑全國巡迴簽書會。

我去山東辦簽書會，簽完第二天剛好有個空閒，就一個人去了泰山。那天在泰山山頂，出乎意料地，周圍有許多人一起等日出。人人拿著相機，我沒相機，就拿出手機。可日出遲遲不來，手機漸漸沒電，我輕歎一聲只好又把手機放回口袋。

包裡放著一盒餅乾，是我唯一準備的食糧。而我穿著一件薄褲，一件短袖加大衣，饑寒交迫。我對自己說，要不算了吧。於是拿起包轉身準備回酒店，卻瞥見遠方一片日暈。

天一旦亮起來，眼前的景色就總比想像中更美，無精打采的人群終於有了生氣，紛紛交談起來，身旁的女孩默默地擦眼淚。我才明白，這世上有太多等日出的人。等天亮，等釋懷，等安慰，等晴天，這世上幾乎人人都在等。

那是我看過的最美的日出。

那一瞬間，我突然明白，不用分享給誰了。不是說不想去分享，而是原來這樣的日出不用分享，也值得看。就像我曾經看演唱會，總覺得要跟一個人分享，後來自己去看了，發現了另一種感動。

有些事可以一個人做，只是我們缺少一個人做的勇氣。

而等待也沒什麼難過的，如果你等的是日出，那它早晚會出現；如果你等的是一個說不好什麼時候會來的人或事，也沒什麼可怕，至少你可以邊等邊做自己喜歡的事。

如果你知道你等的永遠也不會來，那你會學會死心的。**至於偶爾冒上心頭的想念，就想念吧**。想念曾經的日子，想念曾經的人，想念曾經的日出，想念曾經躲雨的屋簷。你知道的，**想念完你就會把自己拉回自己的生活中，接著往前走**。

這些話，是我當時對自己說的。這些話也是對你說的。

…六…

這一年，我沒有好好地生活，因為四處奔波。我常常忘了自己在哪個城市。

因為每天趕路，日夜打包行李，每天不遠萬里，難免精神恍惚。每個飯店通常只住一天，偶爾住兩天就要收拾行李，奔赴下一個城市下一家飯店。有時在火車上我會問編輯：「我們是去哪一個城市？」他有時也得反應半天：「瀋陽？大連？」

後來才知道我們都錯了，我們去的是哈爾濱。然後我們相視一笑，拍拍腦袋，吐槽一句：「老囉。」

同學聚會也很少再去，畢竟沒有選擇留在自己的城市，在很多朋友圈也不可避免地交往越來越少，很多人也不可避免地慢慢疏遠。

二〇一六年二月我搬家，有了幾個室友，家裡顯得熱鬧了些。

後來我家來了一隻貓，我很喜歡牠，大概因為牠跟我一樣，總是想著自己的事，從來不吵，從來不鬧，雖然我每天給牠吃的，但牠也不太搭理我。只有在晚上睡覺的時候，牠會突然蹦到床上，走到我的枕頭邊，跟我一起睡著。

村上春樹的作品裡常出現貓，那時我還沒有養貓，不知道其中的意義。現在我知道了，孤獨的人，最適合跟貓相處。

牠不黏人，也不任性，跟你有著默契，知道最合適的距離。這隻貓叫二筒。

…七…

我的房間有一本日曆，是讀者送給我的。日曆裡是我的照片和我在書裡寫過的幾句話，現在翻到了二〇一七年六月。

六月。蔣瑩來我家時，總會吐槽我家亂，可也忍不住誇我養的植物。有天她來我家看電影，突然看到我放在茶几上的日曆，對我說：「盧思浩你也太自戀了吧，為什麼你的日曆都是你的照片？」

我瞪了她一眼說：「你懂個屁，這是我讀者送的。」

她哈哈大笑，說：「你的讀者也太可愛了吧，送這麼少女心的日曆。」

我也哈哈大笑說：「廢話，我的讀者都是最可愛的。」

收拾房間是個體力活，讀者的禮物放滿了衣櫃，我只好再買一個衣架。牆上貼了幾張電影海報，朱茵的紫霞仙子在最顯眼的位置。客廳放著虎尾蘭和幾盆多肉植物。

剛來北京租的那個家，我沒怎麼住過，自然沒有把它佈置得很好。從自己租房開始，我才知道獨自生活到底有多麻煩。洗澡洗到一半家裡停電，空調滴答滴答漏水，天花板的燈泡接觸不良，常需要人工調整。

我在那個家裡，幾乎從來沒有做過飯，因為頻繁出差，這房子從某種意義上來說，更像一個臨時過夜的地方。只是集中性地把重要的照片貼在冰箱上，再把衣服一件件整理。除此以外，沒有任何的佈置。

後來，我終於正式穩定了下來，搬到了現在的家。

我想要在這個不怎麼能看到陽光的城市，找到一個能好好曬太陽的屋子。找了很久房子，終於住了下來。我突然意識到，這不再是一個臨時過夜的地方了。我應該把它佈置得更像家一些。

我開始注意到生活的瑣碎細節，添置傢俱，食材塞滿冰箱，再去花市採購一些綠色盆栽，週末邀請朋友到家裡一起用投影看電影。綠色盆栽放在每個房間、客廳，還有傢俱的角落，貓在一旁的貓爬架上趴著，家裡忽然多了一些生機。

我告訴自己，就算房子是租來的，生活始終是自己的。我想，這麼些年，我終於成長了些，學會了自己給自己歸屬感。

⋯八⋯

有時我在想，我真的有什麼改變嗎？

我還是熬夜，甚至有時通宵到天亮；我還是愛聽歌，總在深夜單曲迴圈；雖然有了室友，可我的生活習慣彷彿沒什麼改變。

我還是習慣一個人旅行，帶著一本書，四處遊蕩；心裡雖然不再掛念誰了，可也暫時沒辦法輕易愛上別的人。

我依舊固執。

有時我在想，我每做一件事情就在一個小本子上記下來，成功的打勾，失敗的打叉。

那麼到後來，一定有很多打叉的事情，然後我再把那一頁撕下來銷毀，這樣我就能知道自己做了多少傻事，而別人永遠都不會知道。可後來我又覺得，如果不是做了那些事情，我現在也不可能坐在這裡寫下這篇文章。

如果讓我回到過去，該做的選擇我還是會做，該養成的習慣我還是會養成。

那這些年，我真的沒有改變嗎？不是的，多多少少，改變了些。

我學會接受了。

我接受自己有時的失落，接受不講道理的分道揚鑣，接受突如其來的無力感，接受無能爲力的失去，接受生離死別，接受世事無常。因為只有接受這些，我才能知道什麼是重要的。

我學會自我消化了。

喜歡的東西不再非要別人認同了，難過的事情也不再非要告訴誰誰誰，情緒自我消化，就算很難調節過來，我也不再抗拒了。

天黑歸天黑，下雨就下雨，該來的情緒都不抗拒。睡眠歸睡眠，清醒就清醒，該做的事情都不忘記。隨遇而安，因爲有了能自己站穩的底氣。

我現在在北京生活。

有幾個很好的室友，有幾個很好的朋友。我們都在努力生活，在這個不屬於自己的城市裡，竭盡全力製造些歸屬感。

曾經有人問過我，為什麼要來這個城市生活？或者，為什麼明明很辛苦，卻不願意回家？我想了很久，終於知道怎麼回答這個問題。

仔細想想，我的所有選擇——去墨爾本，寫作，再來到一個陌生的城市生活，都是為了更大的自由。現在想來，這所謂的自由，無非是因為我受不了做自己不喜歡的事。

無法妥協，所以拚命。多多少少，路有不同，才明白凡事都有代價。代價是身邊的朋友逐漸變少，因為彼此生活不同，所以難以設身處地地理解，也失去了時間交流。

可你還是在這條路上堅持著，對所有代價通通接受。

你不約會、不逃避也不出走，天黑天亮只是埋頭做眼前的事。你不知道現在做的事是不是絕對正確，可你想一個人去面對。你不知道什麼時候天晴，但天會晴的，你這麼想著。

不需要安慰，不需要理解，你承受住孤獨的重量，因為有想去的地方。就這點堅持，沒辦法三分鐘熱度，做不到對自己敷衍。

因為我也是這樣。

我們都是這樣，一路丟棄一路成長的。我們被迫放棄曾經單純的自己、在路口痛哭的自己、在酒後失態的自己，爲了更好地往前走。可也是這麼一路丟棄，我們不小心丟棄了那些真正重要的東西。我們以為長大是變冷漠，我們以為熱血不過是矯情，我們再也不對酒當歌，我們騙自己這叫成長。

不是的，就算你不再單純，你也要保持童真的那一面；就算你不再流淚，你也要留住

感動的那些事；就算你喝酒學會克制，你也要跟朋友聚在一起大吵大鬧享受快樂。

我不想成爲別人喜歡的樣子，我只想成爲我自己。

我的活法就是這樣，常常獨來獨往，深夜總是睡不著，有時遇到生活的挫折，也會糾結許久，好在有那麼幾個真心朋友，互相鼓勵，日子也不那麼難熬。

時間帶不走的有兩樣東西——一個是跟自己相處的能力，一個是跟我步調一致的人。

我們獨立，在自己的道路上奮鬥，彼此看一眼都是安全感。

就這樣變老吧。我覺得這種活法很不錯。

寫給自己。寫給你。

我們走了很遠的路，才找到自己

至於路能走成什麼樣　又能走去哪裡
走著走著　就都知道了

⋯⋯

二〇二〇年，就像一個分水嶺。

我記得剛開始被迫居家生活的時候，我完全不能適應。即便我還算是一個坐得住的人，寫作本身也要求我必須長時間地孤身一人默默寫著，可我還是覺得難受，覺得空氣沉悶，主動留在家裡，和被迫不能出門，想來完全是兩回事。

也是在這一年，我的身邊陷入了長久的沉默。

我很難跟老朋友時不時地見面，說話，互相吐槽，互相安慰。線下如此，線上也是。

打開熟悉的社交網路，熟悉的人卻都沉默。以前一個群組可以聊很久，可現在誰都不開口說第一句話，因為即便能開口，也大多是幾聲沉重的歎息。

計畫被打亂，夢想被打碎，曾經的生活方式一夜之間全都遠去。我不知道你遭遇了什麼樣的痛苦，但我想，大概是生活自此開始變得很艱難。儘管理智告訴我們，不能焦慮，不能急躁，可終究我們還是焦慮，因為我們環顧四周，既無朋友在身邊，也很難看清未來的道路。

以至有些時候，我想起曾經熱鬧的生活，曾經可以四處遊蕩、四處看看故事的生活，簡直像是一種幻覺。我很難想像，比我更年輕的朋友們，譬如現在看到這本書的你，是怎麼度過自己的大學時代，又是怎麼度過職場的最初幾年的。

本來那些歲月，是你最熱鬧的歲月，是你獲得最多支持的歲月，一場疫情改變了一切。

……二……

大概是二〇二〇年六月，我看到了好幾則書店倒閉的消息，打電話給編輯。

他沉默了一會兒說：「我去年不是跟著你跑活動嗎？加了很多書店的聯絡人，這幾天，我看著他們的社群都覺得很無力。大書店還好，有總部撐著；最難熬的是一些小書店，一些獨立書店，他們沒有足夠的現金流支撐，通常房租和裝潢又很貴。哎，我本來挺想再去那幾個書店打個卡的，現在也沒有機會了。」
他想了一下，問我：「還記得李老師嗎？」
我說：「當然記得了，二〇一三年我出第一本書時就是她聯繫的我，雖然後來她不做我的編輯了，但我們還是會常常聯繫的。」
他說：「前些日子她辭職了。」一陣沉默。
最後我也不記得我們還聊了什麼。
掛完電話，我覺得還是得跟朋友聊聊天，說說話。
我們在一個群組開始聊天。
老陳問：「你們的行業受到的衝擊大嗎？」
我說：「還好，還好。我相信看書的人終歸還是會看書的，雖然整體的讀者群人數不會像以前那麼多，但這個行業終究是不會被取代的。」
老陳說：「我最近有一種強烈的不安，我總覺得自己什麼時候就會突然被取代。」
包子說：「我也是，整個時代發展得太快了，你看看現在哪裡還有一家實體店可以跟以前一樣開十年，開二十年，開一輩子。疫情搞得人心惶惶，所有人都在集體試著靠網路來挽救自己，結果搞得網路上更內縮了。每個人都活得比以前累，可是能得到的東西，都比以前少。」
我不知道應該說什麼。

以前跟朋友聊天說說話，我們都能夠安慰彼此。現在跟朋友聊天說說話，我們都不知道應該說些什麼。鼓勵的話說不出口，可能連自己都不再相信這些。在那之後，我的人生還是不停地迎來道別。

接連幾個月，我總在社群裡看到類似這樣的話：「北京再見，朋友們，再見。」我也跟曾經一起奮鬥的好朋友吃了好幾次離別飯。

他們說：「最後還是沒能留下來。」

他們說：「以前啊，我們都嚮往著，可以擁有更好的未來；現在啊，我們回頭看，以前的日子竟然就是我們的巔峰了。」

我說：「你們都要走了，我本來就是一個挺容易覺得孤獨的人，現在我覺得，我離孤獨又更近了一點。」我們舉杯，我們碰杯，我們道別。

這就是二〇二〇年，我所遭遇的生活。

我清晰地記得，有一天我送別一個好友，我們喝得幾近酩酊大醉，又在路邊晃悠到逐漸清醒。我送他到家，看著他收拾好所有的行李，他說：「還有三個小時我就要上飛機了，算算現在還有半小時就得走，你也別送我去機場了，我最受不了在機場道別這種事了，我送你下樓，我們走到社區門口。」

他家社區門口有一個天橋，我們在天橋跟彼此揮揮手，然後走向不同的方向。

當我即將走過那個天橋時，我突然停了下來，趴在天橋邊的欄杆上，看著車來又車往。我突然很恍惚，開始對自己說話。

那不是一種簡單的自言自語，而是真的開始跟自己說話。我對自己說：「也不知道二〇二一年，大家能活成什麼樣。也不知道，現在還在身邊的人，以後還會不會有聯繫。」說話的語氣就像是，我從心底覺得，二〇二〇年，好像永遠都過不去了。

…三…

二〇二一年一月的某天。我大哭了一場，因為二筒差點丟了。

那天一整天我都沒有出門，在房間裡寫作。寫作不是很順利，所以前前後後磨了很久，等我終於回到現實中，我想著看看二筒有沒有好好吃飯。

走到貓糧碗旁，發現貓糧一點都沒少，我還覺得疑惑，怎麼這個二筒一天都沒吃飯。這時我才發現二筒不見了，沙發上沒有牠，書桌下沒有牠，床底下也沒有牠。

我大腦嗡的一下，突然一片空白，整顆心開始發慌，額頭也開始冒冷汗。我仔細回想我今天到底有沒有開過門，我仔細回想上一次見到二筒是什麼時候。

是那天早上，是的，我早上起來給牠倒水的時候，牠就在水碗旁邊等著。

我一天都沒有出門，窗戶也都是關著的，二筒不可能會出門。可牠到底能在哪兒呢？我拿出牠最愛玩的逗貓棒，上面有個鈴鐺叮噹響；我又把貓糧袋晃了晃，想讓牠聽到貓糧的聲音；我喊著「二筒，二筒」，我還在網上搜了「能吸引貓咪過來的聲音」……。可始終一無所獲。

我不知道牠在哪裡，我怎麼可以不知道牠在哪裡！我趴到床底下，又把沙發挪開，把衣櫃打開，可就是找不到牠。理智告訴我，牠應該就在家裡的某一個角落，但是我的大腦卻不確定，有一種類似幻覺的東西變成了記憶，我恍惚間覺得我今天應該開過門，二筒就是這麼跑出去的。

於是我走出門，坐電梯下樓又坐電梯上樓，爬樓梯到樓頂，又下樓梯走到地下停車場，可就是看不到牠的身影。我的不安終於到達了極限。回到家絕望地關上門的一瞬間，我蹲在地上，覺得眼前一片模糊，才明白我在哭。

我不知道我哭了多久，就在這時，我突然想到家裡還有一個地方我沒找過。

我跑到廚房，把下面儲物櫃的門打開，打開之前我的慌張到達了極點，因為如果連這裡都找不到二筒的話，我可能就再也見不到牠了。

我剛打開門，就看到了一團熟悉的灰色毛球，接著這個毛球動了動。二筒打了個哈欠，睜開一隻眼看了我一眼，又換了個姿勢，繼續睡覺了。這傢伙！到底知不知道現在是什麼情況啊！

等到冷靜下來之後，我才想明白二筒是怎麼進去的。那個儲物櫃的門一直都關不緊，大概是連接處的彈簧壞了，二筒也不知道怎麼想的，就自己把門給拉開了。我走到廚房燒水的時候，腳踢到了半開的門，就順勢把門給掩上了。但其實我到現在也不確定我這個推測是不是完全正確。

我把二筒抱了出來，抱在懷裡，牠沒多久就掙脫了我，跑到貓糧碗旁邊吃了起來。我摸摸牠的頭，說：「還好你還在。」還好你還在。

所以我也要繼續好好生活。

那天的後來，我把家從頭到尾收拾了一遍。我整理出了很多奇怪的東西，一時間都想不起來當時為什麼會買那些。但我突然有種奇怪的感覺，你看，即使我們後來沒辦法去很多地方，即使我們後來的生活看起來就像陷入了停滯，可是你仔細整理一下自己的家，就能發現，這些日子，你依然在生活。

…四…

到了二〇二一年年底，十二月的時候。我已經相當大程度地適應了新生活。我不再計畫明年要去哪裡玩，也不再期待生活能夠一夜之間恢復從前的熱鬧。我不再為了世界的變化而焦慮，也不再擔心我寫的東西是不是已經不符合現在的時代。

我想，時代變換，我永遠跟不上最新的節奏，不如就按照自己的節奏生活下去好了。

很多讀者總是很好奇，寫作之餘的生活我是如何度過的。

我很想告訴你，我的生活可豐富多彩了，雖然擺脫不了永恆的孤獨，但我能跟朋友常常見面，常常會分享很多很多有趣的故事；我自己也去了很多地方，見到了很多人，看到了很多有趣的風景；我還想告訴你，我依然生活得精采，永遠在路上，永遠有熱情。

可是我必須誠實地告訴你，我的日常生活很平靜。譬如每天會出門餵流浪貓啦，譬如時不時地拼一拼樂高啦；傍晚的時候我會儘量出去走走，就是走走，只是走走，有時會走到菜市場，有時會走到公園裡吹吹風。

我在北京的朋友圈開始急劇地變窄，因為很多人離開了北京，也因為發現有些熱鬧不是必需的。

以前我追求熱鬧，希望身邊越熱鬧越好，現在才發覺，其實在最熱鬧的時候，我最孤獨。因為我在很長的一段時間內，並沒有真的和誰說過幾句心裡話。我們總在說場面話，我們總在恭維對方，期待著對方也可以恭維自己。

以前我覺得，我必須身處一個忙碌的環境中。就好像我來到北京，我看著周圍人來人往，似乎每個人都有自己的夢想，似乎每個人都能夠實現自己的夢想，於是我也可以實現自己的夢想，只要我讓我的生活一直忙碌，一直忙碌，我就可以離夢想近一點。

我不願意慢下來，儘管大多數時候，我並非一個趕時間的人，可骨子裡還是會害怕被別人拋下，所以我必須看到業界的第一手消息，所以我必須知道世界上發生的新聞，所以我必須第一時間看到他人的動態。

在二〇二〇年之前，其實我從未慢下來審視自己的生活。或者說，那時的我，自以為自己已經靠近了夢想中的生活。

直到二〇二〇年慢了下來，直到二〇二一年逐漸適應了新的生活節奏，我才發現，其實我一直離真正的生活很遙遠。

「日子是一天天過的。」老人家常這麼說。我們或許真的聽進去了這句話，又或許從未真的理解這句話。疫情加速了我們的焦慮，但其實那些讓我們焦慮的事情，從一開始就存在著。只不過如今的我們有了藉口。「看，都是疫情害的。」

我們忘了，其實我們本來就離夢想有一定的距離。

我們忘了，其實我們本來就沒能真的在生活裡找到交心的朋友。

我們忘了，其實我們的忙碌並沒有換來內心的安寧。

是的，我們所求的是迅速掌握某一種技能，抑或某一種知識。然後期待著，某一天，可以把這些運用到生活中，然後一步，就一步，邁向自己想要的地方。

所以我們總以為自己離想像中的生活很近。到頭來，我們離自己身處的生活也很遠。

於是，未來去不了，現在不喜歡。

是的，我想說的是，我們原本就不怎麼喜歡自己的生活。只不過在疫情到來之前，我們可以靠著眺望遠方，來讓自己忽略現在的生活。

前陣子，我讀完一本書是日本作家深澤七郎的《楢山節考》。這本書的最後，作者在自述中，提到了一句話，大意如此：

> **我接觸到了一種生活，那不是通過什麼教育或者經過什麼人的指導之後得出的活法，而是他們自然而然所找到的一種生活方式，是一種「泥土裡生長出來的人的活法」。**

這句話解決了我一直以來的一個困惑：到底什麼才叫好的活法呢？

這個問題其實並不是突然冒出來的，是最近有一段時間我總是有些恍惚。因為我突然想到，五、六年前的我，好像從來沒想過我現在的生活是這樣的。

那時候的我，希望身邊有很多朋友，而如今我數得出來的能夠互訴心事不怕互相打擾的朋友，大概也就五個。那時候的我，希望自己能去很多地方看看，最好每天都在路上。

而如今的我雖然仍舊想去更大的世界看看，但已經明白，我不可能永遠在路上，或者說，世界永遠是很大的，永遠在等著我們去發現，但生活其實是很小的，我們日常能夠接觸的，能夠看到的，也就那麼多。

這就像站在山頂的人，目光所及可以很廣，但更多時候，我們並不在山頂，而是在山腳下的馬路邊。我們依然會嚮往山頂，可山腳下的馬路邊，才是我們能夠居住的地方。

也就是說：「在山頂居住是一種活法，一種轟轟烈烈的活法，但恐怕我們當中的絕大多數人，是無法住在空氣稀薄的山上的。」

在更久以前，我還不懂事的年少時代，我還充滿偏見的青春歲月，「平凡」兩個字是那麼刺耳，以至我恍惚間產生了錯覺，覺得自己永遠不會平凡。於是我陷入了對「平凡」的恐懼中，從此竭盡全力都在擺脫「平凡」。

可事實是我繞了一圈，似乎也沒能真的擺脫「平凡」。我不知道你是否也曾被類似的想法困擾著。

但如今，我好像想通了。

我目前所能夠接觸到的生活，就是最好的生活。我目前所能夠到達的地方，就是最好的地方。就算我現在的生活節奏和狀態，是我從未設想過的，它依然是我的生活。

雖然我的身邊沒有了那些熱鬧，但我體會到了充實。就好像從前你覺得買菜做飯多辛苦，現在卻體會到了做飯的樂趣。毫無例外，我們的人生都會產生些許的偏差。如今你的生活，恐怕是五年前的你所設想不到的生活。但我想你大概也感受到了從未設想過的某一種生活樂趣。

…六…

最後這段，寫給每個覺得焦慮的朋友。

二〇二二年的四月底，我又跟編輯通了個電話。編輯說他現在正在印刷廠呢。我開玩笑說了句：「看樣子出版業還是很紅嘛，如火如荼。」

編輯突然歎了口氣，說：「不然還能怎麼辦呢，書能賣一點是一點，總不能不賣吧。」我說：「也是。」他接著又說：「努力賣，真的很難，我們現在有的書即使印刷完，也可能會壓著不能上市。」

我問：「為什麼？」

他說：「一方面想要多賣點書，所以要抓緊印刷一些看起來能賣的；另一方面，能賣的書……就那麼幾本，剩下的書印刷出來了，也發不出去。上海、蘇州，還有你們張家港的書店應該都不開了吧？書能怎麼賣呢。其實就算書店都開著，也沒那麼多人去了。靠網路，可有流量的作家有幾個呢？即使有流量，也比不上以前了。反正就是一個字，難。」

說到這裡他發覺自己好像哪裡說錯了話，馬上補一句：「你好好寫，你的書還行的，已經算很不錯的了。」他平日裡話很少，我一聽他說這麼多，反倒不知道該怎麼接話了。

聽我電話裡的沉默，趕忙又說了幾句，或許也是對自己說的。他說：「其實也還好，你看看二〇二〇年最開始的那三個月，那才叫慘。現在還算是能正常工作，整個行業不景氣，但也還沒垮。以後能不能好起來誰也不知道，看看吧，我們總編說了句話，我覺得蠻好——**把眼前的事情做好就行了，路都是走著走著才知道能走去哪裡的。**」

我想是這樣的。

越是焦慮，就越是要回到生活裡去。因為身處迷霧中本就很難找到方向，能看見的也就眼前的五公尺，那就五公尺五公尺地一步步走下去。

至於路能走成什麼樣，又能走去哪裡……走著走著，就都知道了。

但或許其實終點到底是哪裡也不是那麼重要。重要的是，**我們走了很遠的路，最終找到的人，是我們自己。是那個可以應對挫折，應對痛苦，應對生活變故的自己。是那個依然前行，依然努力，依然能夠爲了小事而欣喜，爲了善良而感動的自己。是那個終於學會了珍惜的自己，是那個不再害怕平凡的自己。**

生活如河，自己就是自己的船。

以上，共勉。

後記

謝謝曾經 那個自己

這本書原書名是《你也走了很遠的路吧！》，因為我想你也走了很遠的路吧，那些難過那些曲折，或許你也找不到人訴說，那麼我多麼希望，有個人看到了你的全部，知道你的過往，包容你的任性，對你說一句——接下來還有很遠的路，但你身邊有我，我陪你走一段路。

而我，也不知不覺走了很遠的路。

從一座江南小城，走到墨爾本，再走到坎培拉，然後兜兜轉轉來到北京。**一路上不是沒有迷茫過，不是沒有想要放棄的念頭，慶幸的是我一直堅持了下來**。

我從來沒想過，這樣一個我，能被你們這樣地愛著。我也從來沒有想過，有一天，我的書，能夠到達這麼遠的地方。

想感謝的人有太多，想感謝的事有太多。感謝耳機裡的音樂，感謝這世上不是只有我一個人在熬夜，感謝在我這段旅途裡出現的你。

我是一個任性的人，因為執意要記錄生活，所以一直這麼寫著。因為執意，所以認真，但如果沒有遇到你，或許我有一天也會有堅持不下去的時候。

再一次，謝謝每個讀到這裡的你。一個作者對讀者最好的回報，就是寫出更好的作品。我或許沒辦法在你的生命裡為你擋風遮雨，但幸好我們可以在文字裡相見。

希望這本書，可以給你帶來一些力量，第二天醒過來，我們都滿血復活，繼續往前走。

我的願望呢，其實很簡單，就是當我們都逐漸老去的時候，回想起曾經一起走過的這段路，我們都可以很驕傲地說：「那個叫盧思浩的作者，還不錯喲。」

你也會很驕傲地對自己說一句：「曾經的那個自己，也還不錯喲。」為此，我會一直努力下去，每天充滿動力，沿途春暖花開。這世界每天這麼多擦肩而過的人事物，謝謝你停下腳步讀懂我，讀完了這本書。

我相信我們一定可以在屬於自己的世界裡，閃著自己的光。如果哪天我們能再相遇，一定是因為我們成了更好的自己。

最後，祝你早安、午安、晚安。

終有遺憾才叫人生，一個個故事，真的讓我慢慢平靜，也讓我深思。2023-04-26 21:03:15

第一次讀到有很大共鳴的書，一個個故事，就好像發生在自己的身邊。今天讀完了這本書，用了大概一個星期。很喜歡、很喜歡裡面的人和事，還有作者溫暖的話語。不過第一篇文章刀了我一下，**曾經我也有那種自以爲成熟的幼稚，當然，現在也還會有，自我感覺已經改善了很多了**，咳。2023-04-04 12:44:09

花了 2 天的時間，把這本書讀完，其實這本書我早就看過，裡面很多故事，在我翻看的過程中，我就記起了結局。突然發覺，我好像走著走著，遺忘了很多，但是有些記憶還在腦海裡，只是不常翻看，以為沒有一樣。書籍新增加了以富貴的為首，疫情期間的故事。突然想想，3 年了，時間倏忽而過，我是怎麼過的呢？**看別人的故事裡找尋著自己的影子，是的，我也煎熬過，可是都過來了，就忘了當時的痛苦，再次打開，好像又有些感覺了。日子一天一天過，認眞過好每一天，愛自己，**平安喜樂～ 2023-03-26 17:06:40

還沒有看完，看到參加他朋友婚禮這邊，羨慕他們這樣的友誼，也感動他們對雙方的重視！ 2023-02-23 11:13:48

剛剛和你一起看星星，我覺得很棒。我知道你眼裡的那顆星星不是我，可我還是喜歡你。在一起，意味著我從今以後的人生，願意分你一半。這句話，不只是陪伴，還包含著信任。我終於明白，這世上真的存在「來不及」。2023-02-15 11:09:14

這書寫的很好，就如「你想要看到的那片風景和想要遇到的人終將會與你相遇。在你成為自己的路上。」2023-01-28 12:56:30

讀者們的感動回饋

在成為自己的路上，一起前行————

「你想要看到的那片風景和想要遇到的人，終將會與你相遇，在你成為自己的路上。」最近有點焦慮，看這本書讓我靜了下來。我們是相似的人，熱愛自由，珍惜友誼，也是它給了我勇氣，讓我覺得要堅持自己喜歡的事，堅持做自己。未來會是怎樣呢，我不知道，**但是現在的我最重要的就是堅定的走好自己選擇的路，不要害怕努力沒結果，因爲不努力才會遺憾**。2023-10-31 13:21:40

我相信你也走了很遠的路了吧！很喜歡裡面的一句話「如果自由的代價是孤獨，我便坦然接受。」自從上了大學，我一個人吃飯，一個人旅行，一個人走在一座陌生的城市，我感覺自己超級厲害，相信自己一定可以，I can do it. **我們要學會接受所有不完美，如果事與願違，那麼我相信上天一定另有安排，加油！** 2023-09-25 16:59:16

這本書的內容都是一些小故事，以幾個主人公為主講述他們身上發生的故事，故事裡面蘊含著一些道理，你也許能感同身受，得到些許安慰。2023-06-17 17:52:55

這本書給了在感情中溺水的我很大的幫助，文字很療癒。2023-06-10 09:13:21

一個個故事和一句句有深意的話眞的深深的吸引到我，書剛到便一頭栽進書海無法自拔！沈浸在一個個故事裡，這本書最吸引我的地方在於它的每個故事都很真實，很貼近生活，每個人都能從中收穫許多，值得一讀。2023-06-08 22:26:07

真的太好看了，第一次感受到文字的強大，寫的好像跟自己生活中一樣，處處有感悟，值得購買！ 2023-05-12 17:58:01

本來以為可能也就是一般的銷售類書籍，沒想到很多都說到了心裡，引起了很多共鳴，所以想再繼續瞭解這個作者，再讀讀他的書。2018-10-30 13:31:02

我在沒有拿到它的時候，在等待的時候我就很興奮，又有一點兒害怕，因為我怕我會看哭了，果不其然，我在看到參加好朋友婚禮的時候，一下就把書合上紅了眼眶，**這是一本書，也是一個靈魂，而我讀書的時候，就是靈魂的碰撞**。2018-10-08 15:36:37

淡淡的故事，淡淡的心情，看著看著會笑會深思，第一次在短時間內把一本書看完完整整。2018-05-20 00:50:08

花了兩天時間看完了整本書，謝謝你帶給我的溫柔，我會好好努力好好做自己 堅持下去。**我相信在未來，我也會遇到跟我志同道合的朋友，一起走下去吧**！思浩加油！ 2018-04-28 19:51:19

買這本書是因為看到網友的一句摘要，大意是「我們幾個裡面我最希望你幸福，因為所有人裡你最漂泊」。就被這一句話糾的差點掉眼淚。寫的是年輕人的故事，可能對我來說並不合適了，但確實被書裡的一些話溫暖到了。2018-03-16 12:05:08

支持盧大 !!! 一次意外遇見老盧的書，從此無法自拔！他說：「只要心裡有光，就不用害怕黑夜。繼續走，不要怕。」他說他是個喜歡先說大話然後去拼命實現它的傻瓜。即便這是一個奔波的時代。喜歡這樣的傻瓜，哦不，是喜愛，也羨慕。**不得不承認的是有時候就是需要文字的力量支撐著你熬過只有你自己的時光**，特別地，那些跟你有一樣感觸的文字，類似的故事……或許，都能給予你或多或少的力量，安慰你無處安放的情緒，至少我需要。2017-08-21 23:29:35 靜靜靜先生

自己一個人往前走，走了好久，突然有一個人問自己，你也走了很遠的路吧！心裡面眞的好暖，堅定不移地向自己的方向走下去，成為更好的自己，去見想見的人。2022-10-05 20:57:54

世事無常，變化才是真理，每個個體都在時代的動盪下勇敢的生活著，奮鬥著。作者的寫作手法很親切，講得都是身邊朋友和親人的故事，關於愛情，友情，親情，**後記部分感覺就是作者在跟每一個讀者聊天，像是朋友間的鼓勵，對別人，也勸自己，不知我是否理解對了**。用閱讀丈量世界，鼓起勇氣面對所有。2022-12-31 11:24:08

這本書作者盧思浩在書中寫了許多關於他和朋友在生活中的點點滴滴，不管是從愛情，友情或者其他方面都寫的繪聲繪色，而且**作者的用詞非常能觸動人心**，這本書總的來說亮點非常的多，值得多次閱讀，給作者點讚。2020-11-18 22:57:54

裡面的故事圍繞作者展開，但也不盡然是他自己的事情。裡面的故事有離合，有悲歡。會讓你想最後這個結局真讓人欣慰，也會為了他們客觀上看不太圓滿的結局而潸然淚下。也是**因爲盧思浩，讓我想要去全世界看日出，看夕陽，因爲這眞的是大自然最美的饋贈**。2020-07-08 23:00:54

這本書沒有用過多華麗的詞藻，很樸實。作者用最真誠的文字去描述他的人生經歷，記錄著生活中的感動、感恩還有悲傷。**讓我最羨慕的是，他所擁有的那一群眞正意義上的朋友，患難與共的朋友，最純粹的友情，最無價的陪伴**。2019-08-22 17:51:58

人生總是充滿了驚喜和失落，有恰到好處的遇見，也有撕心裂肺的懷念，但時間總是向前，沒有一絲可憐，不論劇終還是待續，願你都能以夢為馬，不負此生。2018-11-25 18:45:28

真的超喜歡這本書，四個小時讀完，**說實話這段日子是我最難過的日子，但感謝這本書給了我繼續走下去的勇氣**，我會一直走下去，直到春暖花開。2018-11-17 14:30:07

晴好出版

我們走了很遠的路，才找到自己

作　　者｜盧思浩
封面設計｜謝佳穎
內文排版｜葉若蒂
責任編輯｜黃文慧
特約編輯｜劉佳玲

出　　版｜晴好出版事業有限公司
總 編 輯｜黃文慧
副總編輯｜鍾宜君
行銷企畫｜吳孟蓉、胡雯琳
地　　址｜10488 台北市中山區中山北路三段 36 巷 10 號 4F
網　　址｜https://www.facebook.com/QinghaoBook
電子信箱｜Qinghaobook@gmail.com
電　　話｜（02）2516-6892
傳　　真｜（02）2516-6891

發　　行｜遠足文化事業股份有限公司（讀書共和國出版集團）
地　　址｜231 新北市新店區民權路 108-2 號 9F
電　　話｜（02）2218-1417　　傳真｜（02）22218-1142
電子信箱｜service@bookrep.com.tw
郵政帳號｜19504465（戶名：遠足文化事業股份有限公司）
客服電話｜0800-221-029　　團體訂購｜02-22181717 分機 1124
網　　址｜www.bookrep.com.tw
法律顧問｜華洋法律事務所／蘇文生律師
印　　製｜東豪印刷

初版一刷｜2023 年 12 月
定　　價｜330 元
I S B N｜978-626-7396-14-8
EISBN（PDF）｜9786267396094
EISBN（EPUB）｜9786267396087

國家圖書館出版品預行編目（CIP）資料

我們都走了很遠的路，才找到自己 / 盧思浩著 . -- 初版 . -- 臺北市：晴好出版事業有限公司出版；新北市：遠足文化事業股份有限公司發行，2023.12, 272 面；17X23 公分
ISBN 978-626-7396-14-8(平裝)
857.63　　112018645